DE WADEM

MARTEN TOONDER

Als je begrijpt wat ik bedoel
Geld speelt geen rol
Een heer moet alles alleen doen
Zoals mijn Goede Vader zei
Een eenvoudige doch voedzame maaltijd
'k Wist niet dat ik het in mij had
Parbleu
Praw! Der hemeldonderweder
Een groot denkraam
Altijd dezelfde
Verzin toch eens een list!
Overgehaalde landrotten
Met mijn teer gestel
Zeg nu zelf…
En daar houd ik mij aan
Wat enigjes
Grofstoffelijke trillingen
Mijn eigen eenzame weg
Hoe vreselijk is dit alles
Zaken zijn zaken
De Grote Onthaler
HM
Als u mij wilt verschonen
Ach mallerd
Héél stilletjes
Daar zit iets achter

Had ik maar beter geluisterd
Hier ligt een mooie taak
Een ragfijn spel
Ook dat nog
Een enkel opbeurend woord
Dit gaat te ver
Met uw welnemen
Mooi is dat
Het uiterste gevraagd
Daar kan ik niet tegen
Soms verstout ik mij
Dat geeft te denken
Een bommelding
Een kleine handreiking
Wat ben je toch knap
Dat zag ik nu eens net
Ik voel dat heel fijn aan
Als dat maar goed gaat
De andere wereld
Heer Bommel komt op
Heer Bommel vervolgt
Heer Bommel sluit aan
Het beste van Bommel
Heer Bommel overtreft zichzelf
Het Gouden Bommelboek
Als je alles gehad hebt

DE BEZIGE BIJ

MARTEN TOONDER

De wadem

2005
DE BEZIGE BIJ
AMSTERDAM

Copyright © 1980, 1984 en 1996 Marten Toonder
Eerste druk 1996
Tweede druk 2005
De wadem (MA 165, 0582-0677)
verscheen eerder als krantenstrip in 1980
en werd in 1984 opgenomen in de bij De Bezige Bij
verschenen bundel *Het uiterste gevraagd*.
Omslagontwerp Studio Jan de Boer
Omslagillustraties Marten Toonder
Vormgeving binnenwerk Adriaan de Jonge
Druk Hooiberg, Epe
ISBN 90 234 1778 X
NUR 301

Heer Bommels levensvreugde is dikwijls wat gedrukt als de bladeren gaan vallen, maar dit najaar was het erger dan anders. Alle dagen zat hij voor de haard te luisteren naar het klagen van de wind in de schoorsteen, terwijl Joost hem vergeefs trachtte op te beuren met het wereldnieuws.

'Dit is niet in orde,' zei de arts, die hij had ontboden. 'Zwartgalligheid, zou ik zeggen, hoewel kolendamp niet uitgesloten is. Of misschien zit het dieper?'

'Het is mijn innerlijk,' zei heer Ollie mat. 'Dat zit vol met diepe gedachten, die ik vergeten ben, zodat ze me de keel uithangen.'

'Juist, ja,' mompelde de geneesheer, zijn onderzoek voortzettend.

'Oligofrenische aliëntatie is inderdaad niet uitgesloten. Och, we worden allemaal een dagje ouder, nietwaar?'

Heer Bommel veerde op.

'Ik ben in de kracht van mijn leven,' protesteerde hij. 'En met olinatie heb ik niks te maken!'

'Kalm maar,' maande de dokter. 'We zullen het nog even aanzien. Wat u nodig hebt is veel beweging in de frisse lucht. Maar u kunt beter niet alléén uitgaan. Begeleiding is in uw toestand wenselijk. Denk daar vooral aan. Goede dag.'

Hij verliet het vertrek en heer Ollie keek hem geschokt na.

'Een dagje ouder,' mompelde hij walgend. 'Ik heb helemaal geen toestand en ik houd ook niet van begeleiding. Een heer gaat alleen zijn eenzame weg; dat weet iedereen. Wie zou ik trouwens mee moeten nemen als ik mij in de frisse lucht ga bewegen in dit weer? Eh... wacht. Tom Poes natuurlijk!'

De diagnose van de arts had heer Bommel nogal geprikkeld, en hij besloot dan ook om veel beweging in de vrije natuur te gaan nemen.

Zo kunnen we hem de volgende dag door de bergen zien rijden, waar de wind om de rotspieken huilde.

'Frisse lucht,' sprak hij tot zichzelf. 'Maar nu ben ik toch vergeten om Tom Poes mee te vragen. Zou mijn geheugen werkelijk achteruit gaan? Ach wat, het is heel gewoon om niet overal aan te denken, als men veel aan het hoofd heeft.'

Hij wierp een blik op de dreigende pieken om zich heen en betrok.

'Aan de andere kant is het vervelend genoeg, dat ik het vergeten ben,' hernam hij. 'Want ik ben de weg een beetje kwijt. Dit zijn de Zwarte Bergen, geloof ik. En hier is het klimaat niet goed wanneer men in een toestand verkeert, zodat ik de weg naar Bommeldam wil weten. Rommelstein, bedoel ik.'

Zo denkende wendde hij het stuur, om naar een bekend punt te zoeken. Maar het enige wat hem opviel waren donkere wolken, die uit het oosten naderdreven, zodat hij haastig een rotspiek rondde en doelloos maar wat voort reed.

Zijn getob bleef niet onopgemerkt. In de beschutting van een bergwand zat een grijsaard, die de cirkelbewegingen van de Oude Schicht oplettend volgde.

Toen hij dat een poosje had gedaan stond hij op en haalde een flesje kluts uit zijn ransel.

'Een knoeier,' mompelde hij, terwijl hij het ontkurkte. 'Maar hij is beter dan niets. Ik zal hem kracht afnemen, zodat ik verder kan gaan; want ik ben een uitgeputte, oude man, met nog maar een klein beetje kluts. Als dat nu maar genoeg is om de levensadem van die sukkel te vangen; dan kan ik weer even voort.'

Met die woorden hield hij het dampende flesje onder zijn neus en snoof begerig. Nu voltrok zich een grote verandering aan de grijsaard, en de eerste die daar kennis mee maakte was heer Ollie.

Die had eindelijk gemerkt, dat het rondrijden om de rotspiek hem niet verder bracht, zodat hij ten einde raad een andere weg insloeg.

Maar op dat moment trad er vanachter de stenen een donkere figuur te voorschijn, die streng de hand ophief.

'Bergpolitie,' kraste deze, toen de verdwaalde heer ontsteld remde.

'Mag ik vragen waarom je zo stuurloos rijdt, meneertje?'

'Ik eh... ik rijd niet stuurloos,' zei heer Bommel. 'Kijk maar; hier zit het. Ik ben alleen de weg naar eh... Bommelrommel een beetje kwijt. Ik ben Tom Poes vergeten, bedoel ik. En nu is de frisse lucht op mijn tere olinatie geslagen, als u begrijpt wat ik bedoel.'

'Ja, ja,' snauwde de beambte. 'Een glaasje op, hè? Ik zeg: een glaasje op.'

8   'Ik heb geen glaasje op,' riep heer Ollie verontwaardigd uit. 'Het is een ijsmuts.'

Maar dat hielp hem niet; de bergpolitie haalde een slap ballonnetje te voorschijn en hield het hem voor.

'We kennen dat,' sprak hij beschuldigend. 'Een drankje te veel en men is de weg kwijt. Een gevaar voor het verkeer, meneertje. Men kan in die toestand makkelijk een arme, oude man ondersteboven rijden! Wil je hier even je adem in blazen?'

Heer Bommel stak met grote tegenzin het tuitje in zijn mond en blies lusteloos. De beambte was echter niet gauw tevreden; hij drong zo lang op méér adem aan, dat de ballon groot en rond en de blazende heer uitgeput raakte.

'Mooi,' kraste hij ten slotte. 'Heel mooi. Helder van kleur. Geef hier.'

Zo sprekende rukte hij de verdachte heer de blaas uit de handen en hield het uiteinde stevig dicht, zodat er geen lucht kon ontsnappen.

'Natuurlijk is hij helder,' zei heer Ollie verontwaardigd. 'Alleen ben ik de weg kwijt omdat ik hem vergeten ben. Tom Poes, bedoel ik. Kunt u me ook zeggen, hoe ik weer in de stad kom?'

De ander had zich echter al omgedraaid en liep met grote passen de berg op.

'Doorrijden maar,' zei hij. 'Het is in orde. Dit is iets waarop een oude man weer even voort kan. Ik zeg: doorrijden maar.'

'Maar waar is de weg?' riep heer Bommel wanhopig. De wind was de enige, die hem antwoord gaf, en tot overmaat van ramp begon het nog te regenen ook.

Terneergeslagen bracht heer Ollie zijn voertuig weer op gang en reed het bergpad af, terwijl achter hem de wolken zich samenpakten.

'Dat is nu de politie,' mompelde hij. 'Bergpolitie nog wel. In plaats van mij bij te staan in mijn zoekgeraakte toestand, komt hij met een ballonnetje, dat me bijna de laatste adem gekost heeft. Ik voel me uitgeput; en dat met dit weer zonder heg of steg. Het is heel vreselijk. Zou ik werkelijk ouder worden?'

Terwijl heer Bommel zich zo tobbend verwijderde had de ambtenaar van de bergpolitie achter een rotswand gewacht totdat hij de auto hoorde wegrijden, en toen zoog hij gretig de ballon leeg. Terwijl hij dat deed begon zijn hoed te groeien en ook werden over zijn uniform de plooien van een wijde mantel zichtbaar.

'Dat is beter,' prevelde hij met veranderde gelaatstrekken. 'Daar wordt een oude man sterker van. Nu kan ik verder gaan. Als ik maar op tijd de Tranemontspelonk vind; voordat de adem van die sukkelaar is uitgewerkt. Hij lijkt me kort. Ik zeg: hij lijkt me kort van adem.'

Daarop hees de hervormde oude zijn knapzak op de rug en begon het bergpad af te dalen. Een gemakkelijke tocht was het niet, want de storm joeg het hemelwater in vlagen over het akelige landschap, zodat hij zich schrap moest zetten om niet van de gladde rotsen geblazen te worden. Maar hij haastte zich voort om zijn doel te bereiken voordat de kracht was uitgewerkt.

10   'Het gaat steeds harder regenen,' klaagde heer Ollie, toen hij de voet van de helling had bereikt. 'En de wind is kil. Ik weet zeker, dat mijn goede vader dit weer zou hebben afgekeurd. Zo'n dokter heeft makkelijk praten met zijn frisse buitenlucht. Maar zó kan ik niet verder rijden, want een vliegende verkoudheid zou mijn einde zijn. Ik moet een plek vinden om te schuilen; dat voel ik heel fijn aan.'

Hij bracht de Oude Schicht tot stilstand en omdat hij achter een rotspunt een opening in de bergwand gewaar werd, stapte hij haastig uit en keek onderzoekend naar binnen. De ruimte was gevuld met grillige stalagmieten, die zich verloren in de duisternis, en een muffe geur tochtte hem tegemoet. Maar omdat het er droger was dan buiten deed hij een paar stappen de grot in.

'V-verder hoeft niet,' dacht hij. 'Hier sta ik beschut. En men weet nooit wat er in zo'n spelonk huist. Hier niet, n-natuurlijk. Maar ik herinner me...'

Uit het donker kwam een zacht, schuifelend geluid. Hij keek verwilderd rond en toen zag hij tot zijn schrik hier en daar lichtgevende ogen, die naar hem keken.

'W-wie istaar?' riep hij met dunne stem. 'Is d-daar iemand, bed-bedoel ik?'

In de duisternis van de grot werden kiezels tegen elkaar geslagen zodat de vonken er af sprongen, en ook werd het gemompel van stemmen hoorbaar. De schrik sloeg de verregende heer om het hart, maar voordat hij zich uit de voeten had kunnen maken, gloeide er een lantarentje aan en nu werden er enige gedrongen figuurtjes zichtbaar, die hem glimlachend naderden.

'O eh...' stamelde heer Bommel. 'Gelukkig! Een m-monster, dacht ik, als u begrijpt wat ik bedoel.'

'Wa?' vroeg het ventje, dat het licht droeg.

'Het spijt me dat ik stoor,' hernam heer Ollie, zich herstellend. 'Ik eh... ik wilde alleen maar even schuilen voor de regen, zodat ik niet lang van uw gastvrijheid gebruik zal maken. Het ruikt hier trouwens een beetje bedompt.'

'Wadem!' riep het mannetje uit, en het vrouwtje achter hem vulde aan: 'Wadem. Niet domp.'

'O juist,' gaf heer Bommel toe. 'Ik bedoel wadem. Maar omdat ik aan olinatie lijd, kan ik daar slecht tegen. Frisse lucht, zei de dokter, terwijl ik Tom Poes vergeten ben.'

De grotbewoners schenen dat grappig te vinden, want ze barstten in een hartelijk gelach uit, en de eerste riep: 'Trane!'

'Montane!' verduidelijkte het wijfje. 'Mee naar vuur. Lekker warm. Eten.'

Het denkbeeld van vuur en eten trok heer Ollie wel aan en daarom volgde hij het tweetal naar de diepte van de grot, die aan het einde lichter begon te worden. Maar de vreemde geur werd sterker en daarom hield hij ongerust de pas in en keek zoekend rond.

In de zijwand van de spelonk zag hij een duistere opening, waaruit sterk geurende dampen naar buiten kronkelden.

'Daar komt die vreemde reuk dus vandaan,' sprak heer Bommel tot zichzelf. 'Bedompt zou ik zeggen, hoewel die dame het wadem noemt. Wat zou dat zijn?'

Hij liep er op af, en toen hij dichter bij kwam werd hij door een lichte duizeling bevangen.

'Licht in het hoofd, komt me voor,' prevelde hij. 'Maar niet onprettig. Misschien is het wel goed tegen mijn frenische linatie. Men kan nooit weten met die kwalen.'

Hij stak het hoofd in het gat, zonder iets anders dan duisternis te zien; maar de walm was daar zo sterk, dat hij er geheel door bevangen werd. Zijn tobberige gedachten maakten plaats voor lichtvoetige en hij was juist op het punt zijn bedoelingen te gaan begrijpen, toen hij aan zijn das getrokken werd.

Het was het vrouwtje, dat zijn achterblijven had opgemerkt en terugkwam om hem te halen.

'Niet daar,' riep ze. 'Mee naar eten. Lekker warm.'

'Een ogenblikje, mevrouw,' protesteerde heer Ollie. 'De frisse lucht hier doet me goed. Net wat de dokter heeft voorgeschreven; want ik wist bijna hoe laat het was.'

Dat maakte echter geen indruk op haar, en ze trok hem mee in de richting waar het licht vandaan kwam.

Op een plek waar de spelonk zich verwijdde, was een groot vuur ontstoken en daaromheen verdrong zich een menigte kleine figuurtjes, die het zich goed lieten smaken. Ze schonken heer Bommel weinig aandacht, maar nadat hij op een steen had plaats genomen, haastte zijn gastvrouw zich nader met een schaal aangebrande paddestoelen.

'Dank u wel,' zei heer Ollie beleefd. Het voedsel trok hem niet bepaald aan, en de rook van het houtvuur, die zich vermengde met de opwekkende dampen uit de grot, hinderde hem.

'Het slaat me een beetsje op de sjlijmvliezen,' verklaarde hij door zijn zakdoek. 'Daarom heb ik niet zo'n trek.'

'Lekker eten,' riep het vrouwtje. 'Goed voor trane.'

'Dat komt alleen maar van de rook,' legde heer Bommel uit. 'Het zijn geen èchte tranen.'

'Montane,' zei het wijfje.

Heer Ollie wilde vragen wat ze bedoelde, maar ze was al weggehold om zich bij de anderen te voegen. Die waren aan het dansen geslagen, zichzelf begeleidend met een eentonig gezang, dat tegen de wanden van de grot weerkaatst werd, zodat het hoofd van de berookte heer begon om te lopen.

'Het wordt me te veel,' mompelde hij, nadat hij het vrolijke tafereeltje enige tijd had gade geslagen. 'Trouwens, ik ben nu wel opgedroogd, zodat ik niet langer hoef te storen.'

Met deze gedachte stond hij op en verliet onopvallend de gastvrije grot.

Toen hij de uitgang bereikte, zag hij, dat het niet meer regende. De wind klaagde nog steeds om de rotsen, maar daar schonk hij geen aandacht aan.

'Mooi, fris weertje,' stelde hij vast. 'Precies waar ik behoefte aan heb na de zware lucht in de berg. Maar toch heeft die me goed gedaan; ik voel me een andere Bommel, als men begrijpt wat ik bedoel.'

Opgewekt stapte hij in de Oude Schicht en reed door de plassen het bergpad op. Aan het einde daarvan werd hij een gebogen gedaante gewaar, die zich tegen de gure wind in voortbewoog. Het was duidelijk dat de stakker het moeilijk had, want zijn knieën knikten en hij liep zó krom, dat hij het naderende voertuig pas opmerkte toen het vlak bij hem was. Heer Ollie remde krachtig; en de bejaarde voorbijganger verloor van schrik het evenwicht toen hij het gegier hoorde, zodat hij op het natte wegdek viel.

'Hebt u zich bezeerd?' vroeg heer Bommel, zich bezorgd over zijn stuurwiel buigend.

De grijsaard hief met moeite het hoofd op en keek hem met gele ogen aan.

'Wat dacht je, meneertje?' vroeg hij met krassende stem. 'Ik, arme oude man, ben aan het einde van mijn krachten. De levensadem, die ik gekregen heb, was van slechte kwaliteit. En de last der eeuwen drukt op me. Ik zeg: de last der eeuwen.'

'O,' zei heer Ollie onthutst. 'Ik dacht, dat het die ransel was.'

Hij stapte uit en hielp de bejaarde stakker op de been.

'Het had erger kunnen zijn,' sprak hij troostend. 'Door mijn tegenwoordigheid van geest heb ik een lelijke aanrijding kunnen voorkomen, zegt u nu zelf. Maar vallen is akelig, hoor. Ik weet wat het is om je niet lekker te voelen. Daar had ik zelf last van, maar door een bezoek aan die grot ben ik erg opgeknapt, zodat ik nu de weg wel weer zal vinden.'

De oude raapte zijn hoed op en keek hem loerend aan.

'Welke grot?' vroeg hij. 'Ik zeg; welke grot?'

'Ik versta u wel, hoor,' zei heer Ollie glimlachend. 'Het was een grot; heel gewoon. Een gat in de bergen, u weet wel.'

'Zeg mij waar die grot is,' drong de grijsaard aan. 'Die grot zoek ik. Die is net wat een zwakke, oude man nodig heeft voor zijn levensadem. Zeg mij waar hij is, dan zal ik jou de weg wijzen.'

'Dat is gemakkelijk,' zei heer Bommel. 'Deze weg af, dan is het de eerste aan uw linkerhand. Maar het ruikt er niet fris, door de rookwolken en de walmen. En de bewoners eten aangebrand voedsel...'

Hij zweeg, want de ander had zich met een ruk omgedraaid en liep de weg af zonder 'Dank je wel' te zeggen.

'Een vreemde oude heer,' mompelde heer Ollie, terwijl hij verder reed. 'Hij heeft zelfs vergeten mij de weg te wijzen. Maar ja; dat zal de leeftijd wel zijn.'

De grijsaard liep de weg af, die heer Bommel hem gewezen had, en zodoende vond hij zonder moeite de grotopening. Daar bleef hij staan om de lucht op te snuiven.

'De Tranemontspelonk,' prevelde hij, terwijl een gekreukte glimlach zijn gelaat ontsierde. 'Die geeft nieuwe kracht.'

Met die woorden richtte hij zich op en zoog zo diep als hij kon de dampen op, die uit de duisternis naar buiten dreven.

'Dat is nu precies wat een onderkomen oude man nodig heeft,' hernam hij voldaan. 'Ik heb mijn doel bereikt. Maar nu moet ik genoeg krachten opdoen om het hoofd te bieden aan de tegenstand. Ik zeg: de tegenstand, die ik hier zal ontmoeten.'

Met uitgebreide armen bleef hij ademhalen totdat het piepte. Toen bracht hij een lantaren uit zijn knapzak te voorschijn en liep met grote passen de grot binnen. Zijn komst bleef niet onopgemerkt, want vanachter de druipstenen sloegen de bewoners van deze vreemde ruimte hem gade. Maar het licht van zijn lamp was zo scherp en hij lachte zo akelig, dat ze hem niet durfden naderen. Er was dan ook niemand te zien, toen hij bleef staan voor de opening, die heer Bommel ook al had opgemerkt. Er kronkelden nog steeds muf ruikende dampen uit, maar die schrikten de bedaagde bezoeker niet af; integendeel.

'Hèhèhè,' kakelde hij, zijn lantaren naar binnen stekend. 'Hier is het dan. Hier is de bron, die in de oude boeken staat aangegeven. Hier is de Wademzwalm!'

Daarmee verdween hij in de opening en het licht van zijn lamp wierp vreemde schaduwen langs de wanden naar buiten. Nu kwamen van alle kanten de grotbewoners uit de duisternis te voorschijn schuifelen; maar voor het gat schoolden ze samen zonder naar binnen te durven gaan. Geen wonder; de grijsaard bood een dreigende aanblik en zijn krassend lachje werd door de stalagmieten weerkaatst, zodat de hele onderaardse ruimte met gekakel gevuld was. Zijn vreugde werd opgewekt door een reusachtige zwam, die in het midden van het hol stond, omringd door een menigte kleinere. Het bolle gewas pufte van tijd tot tijd wolken uit en verspreidde daardoor de vreemde geur, die heer Bommel ook al had opgemerkt.

'De Wademzwalm!' kraste de oude opgetogen. 'Wadem. Zuivere wadem. Ach, dit is wat ik zo lang gezocht heb. Geen arme, oude man meer; maar magister Hocus Pas, die de wereld in zijn hand houdt. Hèhèhè. Ik zeg: in zijn hand.'

'Wa?' vroeg een van de verborgen toeschouwers bevreesd.

'Wadem,' fluisterde een ander; en de oudste verklaarde: 'Vreemde mag daar niet. Moet daar uit. Slecht voor trane.'

Om hem heen steeg een instemmend gemompel op, dat aanzwol toen ze begonnen te overleggen wat er gebeuren moest. Het geluid daarvan hinderde de magister; hij wierp een loerende blik naar het duistere gat, en toen hij vele bolle oogjes gewaar werd, zwaaide hij zijn staf in die richting.

'Weg!' schreeuwde hij. 'De barreboes op je pad! Ik zal jullie kalkoneren! Weg!'

Dat was genoeg. In de duisternis waren uitroepen en gestommel hoorbaar; er schemerde wat beweging, en toen was alles verlaten.

'Rust moet ik hebben,' mompelde Hocus Pas. 'Volslagen rust. Geen sukkels en rampels, die mij de kunst afkijken. Geen bergbouters, die mijn kostelijke wadem gebruiken. Afsluiten zal ik het. Ik zeg; afsluiten!'

Hij begon met zijn staf bogen door de lucht te beschrijven en begeleidde deze werkzaamheid met een schril gezang, dat de rotsen deed splijten. Uit de zoldering, boven de ingang, maakte zich een groot aantal stenen los, die donderend neerstortten en zich tot een zware muur opstapelden.

'Veilig,' stelde de magister vast. 'Afgesloten van de tegenstand. Hèhèhè! Nu is dit klimaat van mij. Alleen van mij. Als een fenix zal ik hieruit te voorschijn komen en het leven op de bovenaarde veranderen. Maar ik ben rechtvaardig. De sukkelaar, die me het pad naar dit oord gewezen heeft, zal ook zijn weg wel vinden, daar zorg ik voor.'

Heer Bommel merkte echter nog niet direct iets van zijn uitspraak. Integendeel; hij was lelijk verdwaald en hoewel hij over zijn stuur hing om beter te kunnen kijken, zag hij geen enkel bekend punt.

'Heb ik daarvoor nu nieuwe krachten opgedaan?' vroeg hij zich geprikkeld af. 'Ik gebruik ze voor gezoek en dat is de schuld van die ongemanierde reiziger, die ik geholpen heb zonder dat hij mij de weg heeft gewezen. Vergeten natuurlijk; dat is de ouderdom. Maar ik zit er maar mee.'

De schemering begon intussen te vallen en heer Ollie's ontstemming groeide toen de weg overging in een onbegaan bergweitje, dat steil naar boven voerde. Maar omdat er op de top een wegwijzer zichtbaar was, reed hij hobbelend voort, totdat de motor door vermoeidheid afsloeg. Zwartgallig steeg hij uit, doch toen hij in het dal onder zich keek, zag hij tot zijn verrassing enige heuvels verderop het slot Bommelstein liggen.

'Dat is een mirakel,' sprak hij tot zichzelf. 'Wie had nu kunnen denken, dat ik zó dicht bij huis was? Maar het komt natuurlijk omdat onderaardse grotten soms anders lopen dan men aan de oppervlakte denkt.'

Hij klom weer in zijn voertuig en reed snel de helling af om thuis te komen voordat het helemaal donker was.

'Dat is ook prettiger voor Joost,' dacht hij. 'Die wil nu eenmaal graag weten hoe laat hij kan opdienen, terwijl ik eigenlijk wel honger heb en ook aan anderen denk.'

Dat laatste deed niet iedereen. Aan de kant van de weg was bijvoorbeeld de stads-fenomenoloog Prlwytzkofski nog druk bezig, zonder aan de werkuren van zijn assistent te denken.

'Geeft u vooral acht voor der aanwijzer, mijnheer Pieps,' sprak hij. 'Ik zal der afstelling nog een weinig verfijnigen, maar der pijl is ja schoon in beweging. Wij treffen hier een ader, dat is klaar!'

'Ja, dat zie ik,' gaf de assistent lusteloos toe. 'Maar als we morgenochtend nu eens verder gingen? Zo'n ader loopt tenslotte niet weg...'

'Verspaar mij uwer drolligheid,' vermaande de hoogleraar, die ingespannen naar zijn instrumentje tuurde. 'Hier heb ik iets grootaardigs! Een vochtader van buitenordentelijke elementen! Deze kleurenschaal is twee minivamen opgelopen! Dat zou op een ader van likwidum Zarynx heenwijzen kunnen! Merkt u zich dat aan, mijnheer Pieps! Zarynx! Een buitenordentelijk nuttiger vloedigheid; die allene met krapper nood vindbaar is. Wat wij thans benodigen is een richtiger boorinwilliging van de behoorde.'

'Ja, ja, de overheid,' beaamde de assistent. 'Maar die is nu gesloten. Is het nog geen tijd om naar huis te gaan? Het wordt al donker.' Daar had hij gelijk in. Er gloorde nog slechts een gelig licht aan de horizon, toen heer Bommel uit de Oude Schicht stapte en op zijn huis toe liep. Daar werd hij begroet door Tom Poes, die net de stoep af kwam.

'Ik ben blij dat u er bent,' zei die hartelijk. 'Joost vertelde me, dat u niet zo goed bent en eigenlijk niet alleen mag rijden. Waarom hebt u mij niet gevraagd om mee te gaan?'

Heer Ollie schoof zich de muts uit de ogen en begon zijn das te ontknopen.

'Dat was ik even vergeten,' zei hij ontwijkend.

'Daar gaat het nu juist om,' riep Tom Poes uit. 'Dat vergeten is gevaarlijk.'

'Tut, tut,' hernam heer Bommel. 'Ik was alleen maar een beetje de weg kwijt omdat ik me wat dof in het hoofd voelde. Maar mijn scherp verstand heeft me daar overheen geholpen na een bezoek aan een vrolijke familie in de bergen. Het was er niet helemaal fris, maar wel erg opgewekt. En dat is, waar ik behoefte aan heb, in plaats van aan bedilling, als je begrijpt wat ik bedoel.'

Tom Poes wilde meer weten van het uitstapje en bleef dan ook graag eten.

'Hm,' zei hij, toen heer Ollie zijn verhaal gedaan had. 'De Zwarte Bergen is een rare streek waaruit heel wat lieden nooit meer teruggekomen zijn. U hebt nu geluk gehad, maar...'

'Geluk?' herhaalde heer Bommel fronsend. 'Heb je dan helemaal geen oog voor het doorzicht van een oudere bij het vinden van een weg, die niet bestaat? Noem je dat geluk? Geen wonder, dat het slecht gaat met de wereld zoals men kan lezen in de kranten, die ik niet lees, omdat ze me bedrukken. Zeg nu zelf.'

'Ik ben blij, dat het weer beter gaat met heer Olivier,' sprak Joost bij zichzelf, toen hij de kamer verliet. 'Het was wel rustig toen hij aan nietsdoen leed, als ik zo vrijmoedig mag zijn. Maar aan de andere kant was het zorgelijk, zodat ik hoop, dat hij nu niet ineens te veel hooi op de vork neemt in plaats van spaghetti.'

De vrees van de trouwe knecht was terecht, want de woorden van heer Bommel begonnen trager te worden, terwijl hij de meelslierten steeds vreugdelozer om zijn vork wikkelde. Ten slotte legde hij zijn eetgerei neer en stond op.

'Eet jij maar rustig door, jonge vriend,' zei hij. 'Voor jou is het goed; je moet er nog van groeien. Ik voor mij ga nu naar bed, want ik ben een beetje moe na al die frisse lucht, die misschien toch het uiterste van mijn tere krachten gevraagd heeft.'

Bij het ontbijt de volgende morgen kwam Joost gewoontegetrouw vragen of heer Ollie nog een schepje pap wilde hebben; maar hij zag, dat het eerste bord nog niet eens leeg was.

'Smaakt het niet?' vroeg hij bezorgd.

'Ik heb niet zo'n eetlust,' zei heer Bommel met matte stem. 'Ik ben bang, dat ik weer ingestort ben, zodat ik maar een wandeling in de frisse natuur zal gaan maken, zoals de dokter mij voorschreef. Dat heeft me tenslotte gisteren ook goed gedaan.'

Hij voegde de daad bij het woord en nadat hij zich in zijn sjaal gewikkeld had, stapte hij met trage pas de natuur in. Een poosje liep hij zonder gedachten voort, totdat hij aan de zuidkant van zijn heuvel enige figuren gewaar werd, die daar met een apparaat bezig waren.

'Dat is professor hoe-heet-ie,' mompelde hij. 'Die heeft daar een machine op mijn land gebouwd zonder mijn toestemming, zodat men zien kan hoe er met de vermoeidheid van ouderen wordt omgesprongen.'

Geërgerd haastte hij zich naderbij, maar de geleerde trok zich niet veel van zijn ontstemming aan.

'Het maakt ja niets meer uit,' verklaarde hij bedrukt. 'Het was een gewoonlijker onderzoeking; maar gisteravond hebben wij hier ener stromesader vaststellen gekund, die ons denken deed aan de zeldene Zarynx. Wij waren wetenschappelijk zeer vergenoegd, nietwaar, mijnheer Pieps? Thans zijn wij doch in zwarter droefheid afgestort. Der behoorde heeft geen geld voor een richtiger boorinzetting. Wij zullen ons wel voortmaken. Ach, der wetenschap lijdt het eerst, wanneer men zuinigen gaat.'

Deze uitleg maakte heer Bommel een beetje ongerust.

'Een ader?' vroeg hij. 'Loopt hier een ader door de grond? Ik hoop, dat het geen slagader is! De dokter heeft me gewaarschuwd voor spanningen in verband met mijn doorstroming...'

'Praw met der doorstroming!' onderbrak professor Prlwytzkofsky. 'Het handelt zich om een Zarynx-ader, zeg ik doch klaar? Welnu – de Zarynx is gevaarloos; die wordt alleen plofbaar in mengingen met gewisse zwalmenwadems, en daarop is de uitzicht zó nederig, dat men deze vernalaten kan. De deugd der Zarynx is daartegen, dat zij aardgronden betrachtelijk verrijkert. Met Zarynx kan men grassen tot ongehoorde hoogten wassen laten. Een naturenfenomeen van buitenordentelijke kracht! Maar zonder finantsen kan ik mij dezer boring vergeten.'

'Ik begrijp er alles van,' zei heer Bommel onzeker. 'Geen finantsen voor een krachtboring, ja, ja. Ik bedoel, het is een schande, dat de wetenschap niet meer steun krijgt. Vooral als men juist kracht nodig heeft omdat men op een laag pitje leeft, zodat men de frisse lucht in moet om niet vermoeid te raken.'

Hij zweeg even en toen kreeg hij plotseling een idee.

'Maar dat is het!' riep hij uit. 'Daarom moest ik de natuur in. Om u te ontmoeten, bedoel ik, want u boort naar Zanik met buitenordentelijke kracht! Weet u wat? Ik zal uw boorinstelling betalen, dan steun ik de wetenschap en mezelf, als u me volgen kunt.'

'Maar dat is ja grootaardig,' zei de geleerde verrast; en de assistent mompelde: 'Nou, nou, het zit er aan.'

24 Diep onder de aarde hadden de vrolijke grotbewoners, die heer Bommel de vorige dag had aangetroffen, intussen hun opgewektheid verloren. Hoewel het vuur een prettige warmte verspreidde, zaten ze er uitgedoofd omheen, en in plaats van gezang klonken er nog slechts diepe zuchten door het gewelf.

'Geen wadem,' mompelde het vrouwtje, dat met haar rug naar de vlammen zat.

'Zwarte moet weg bij wademzwalm,' sprak haar buurman met doffe stem. Er klonken verwarde stemmen, die 'Hoe?' riepen en de oudste merkte op: 'Kan niet. Kunnen niets vinden om zwarte weg te krijgen. Kunnen niet denken. Hebben geen wadem.'

De zwarte, waar ze het over hadden, was natuurlijk de grijsaard die de zijwand van de spelonk had afgesloten om de reusachtige zwam voor zichzelf te hebben. Hij stond nu voor het vreemde groeisel, dat voortdurend wolken uitpufte, en haalde diep adem.

'Dit is goed voor een oude man,' sprak hij hijgend tot zichzelf. 'Alle uitgedoofde krachten zullen weer tot leven komen. Ik voel mijn dorre spieren al zwellen, hèhèhè.'

De bewolkte ruimte vulde zich met de echo's van zijn akelig lachje; en daardoor aangemoedigd schuifelde hij om de zwam heen om een blik op de ingestorte rotswand te werpen.

'Nog even,' kraste hij. 'Nog een weekje; dan zullen de magische krachten hersteld zijn en daarmee zal ik de aarde gaan hervormen. Ik zeg; nog een weekje, en dan zal iedereen merken wie magister Hocus Pas is!'

Het prettige gevoel, dat heer Bommel na zijn tochtje door de bergen
had, was geheel verdwenen, zodat hij er opnieuw een gewoonte van
maakte om tobberig voor de haard te zitten.
 'Eigenlijk moet ik naar buiten in de kou,' overwoog hij met tegenzin. 'Maar dit is toch rustiger, vooral als men wil nadenken over wat
men vergeten is. Ja, Joost; wat is er?'
 'Er is bezoek voor u,' begon de bediende; en voordat hij verder kon
gaan betrad de burgemeester het vertrek.
 'O, bent u het,' zei heer Ollie verrast. 'Neem me niet kwalijk, dat ik
hier zo zit. Maar ik beweeg me wel, hoor. Laatst zag ik nog iemand
buiten, die een ader aan de oppervlakte zag komen.'
 'Daar kom ik juist voor,' verklaarde de heer Dickerdack. 'Over die
ader is al heel wat te doen geweest, want hij kan heel belangrijk zijn
voor de landbouw. Maar we hebben geen geld om hem aan te boren.
Bezuiniging is geboden; dat zal je begrijpen.'
 Heer Bommel knikte mat en de magistraat vervolgde: 'Daarom is
het mooi van je om de gemeente een boormachine aan te bieden.
Werkelijk prachtig; vooral in deze tijd.'
 'Boormachine,' mompelde heer Ollie. 'O! Nu herinner ik het me! U
bedoelt professor hoe-heet-ie! Die had vloedigheid ontdekt, die
grond ordentelijk maakt, als u begrijpt wat ik bedoel.'
 'Juist,' gaf de burgemeester toe. 'Het is drommels mooi van je. De
toren is al besteld, en morgen kan hij in gebruik worden genomen.
Dat moet jij doen! We zullen hem Bommelboor noemen. Weet je wat?
Ik zal je voordragen als erelid van de Kleine Club. Wat zeg je daarvan?'
 Heer Bommel zei helemaal niets. Hij was zo opgeleefd, dat hij sprakeloos was.

De volgende morgen begaf hij zich dan ook opgewekt naar het terrein waar de geleerden hun ontdekking hadden gedaan, en Tom Poes ging met hem mee.

'Daar staat de boortoren al,' zei die. 'Vlug werk, hoor. Wat voor soort ader heeft de professor eigenlijk ontdekt? Waar dient hij voor?'

'Voor krachtige verrijking,' legde heer Bommel uit. 'Ordelijk gewas door wetenschap, bedoel ik. Zarynx, zogezegd. Maar jij bent nog te jong om dat allemaal te begrijpen. Let straks maar goed op. Ik moet nu mijn hersens even bij mijn werk houden.'

Het werd hem echter gemakkelijk gemaakt; de heer Prlwytzkofsky schudde hem warm de hand en er waren zoveel toeschouwers, dat zijn woorden in het stemmenrumoer verloren gingen.

'Komaan,' zei de burgemeester, die voor de gelegenheid zijn beste hoed had opgezet. 'We kunnen beginnen. De professor hier zal je uitleggen wat je doen moet, en terwijl jij dan de machine in gebruik stelt, zal ik mijn toespraak nog even doornemen.'

Met die woorden trok hij een papiertje uit zijn binnenzak en begon dat te bestuderen, zodat heer Ollie begreep, dat zijn tijd gekomen was.

'Het is dezer knop,' legde de geleerde uit. 'Het is gans eenvoudig. U draaiert hem een weinig en hopla! Daar vangt de boorinzetting te werken aan.'

'Hopla,' herhaalde heer Bommel. 'Juist, ja. Maar hoe... ik bedoel; hoe moet ik draaien? Ik weet natuurlijk wel hoe zo'n ding werkt, maar dit model heb ik nog nooit bespeeld.'

'Het is niet zo zwarig,' zei professor Prlwytzkofsky troostend. 'Men kan der knop heen en weer roeren. Nu staat hij in der ruststand, maar daarnevens kunt u zich ener becijfering aanmerken. U draaiert naar rechts, maar u geeft acht, dat u hem niet voorbij Y5 passeren laat. Gans eenvoudig.'

'Acht,' herhaalde heer Bommel terwijl het zweet hem uitbrak. 'Gans eenvoudig.'

'Praw! Nee, nee,' riep de geleerde geschrokken uit. 'Y5, dat zei ik u toch gans klaar. Niet voorbij Y5 passeren. Der aanvang des borens moet zorgzaam en voorzicht geschieden. Men weet ja niet wat zich daaronder bevindt. Ener sprok of klover zou der loop des aders bereids kunnen anderen, verstaat u wel?'

'Ik versta het heel goed,' verzekerde heer Ollie, terwijl hij zich vol aandacht over de knop boog. 'Alleen begrijp ik het niet helemaal. Er staan hier allemaal lettertjes.'

'Geeft u vooral acht!' waarschuwde de professor nerveus. 'Der ader moet afgetasterd en fijnlijk benaderd worden.'

'Vooruit, Bommel,' zei de burgemeester, die zijn toespraak bekeken had. 'Stel de Bommelboor in werking. Ik ben klaar.'

'Het was een Y,' prevelde heer Ollie gespannen. 'Dat herinner ik me heel goed. Maar was het nu een drie of een acht? Ach, zo erg komt het er ook niet op aan. Als het ding nu maar werkt, zodat ik in stilte veel goeds heb gedaan.'

'Het was een vijf,' fluisterde Tom Poes, die het gemompel had opgevangen. Maar het was reeds te laat.

Heer Bommel draaide de knop naar Y8, en keek vol trots naar het torentje, waarin een aanzwellend gezoem hoorbaar werd. Er kwam een grijze walm uit, en terwijl de toeschouwers in gejuich uitbarstten, begon de boor te draaien.

'Hemeldonderweder,' mompelde professor Prlwytzkofsky, maar de burgemeester overstemde hem.

'Geachte stadgenoten,' sprak hij. 'Wat wij thans voor ogen zien, is het werk van een Rommeldammer, die het hart op de rechte plaats heeft...' Hij zweeg even om een gehinderde blik op de boortoren te werpen, die steeds harder begon te zoemen. Daarop trok hij het gelaat opnieuw in een welwillende plooi en vervolgde roepend: '...rechte plaats heeft. Door hèm kan het wetenschappelijke werk van professor Prlwytzkofsky voortgang vinden. Op dat werk kom ik later terug, maar eerst wil ik de stadgenoot eren, die dit mogelijk heeft gemaakt...'

Het zoemen was nu overgegaan in een gegier en de hele installatie begon te schudden, terwijl de rookwolken zich verdichtten.

'Niemand anders dan Olivier B. Bommel!' schreeuwde de magistraat, maar verder kwam hij niet. Want nu klonk er een geluid van scheurend metaal en voordat de omstanders zich uit de voeten konden maken, vloog de Bommelboor te midden van losgewoelde aarde de lucht in.

De heer Dickerdack viste de flarden van zijn hoed uit de boortorenresten, en terwijl hij die diep in de ogen drukte, verliet hij gekrenkt het eens zo feestelijk terrein.

'Een ogenblikje, burgemeester!' riep de journalist Argus. 'Even een plaatje; daar houden de lezers van. En waarom wilde u Bommel eren?'

'Dat zie je toch?' snauwde de magistraat. 'Maak maar een plaatje van de puinhoop, en laat mij met rust. De lust om te eren is mij vergaan.'

De verslaggever had echter reeds voldoende kiekjes van de ramp genomen en daarom verdween hij nu maar naar de krant om die te gaan ontwikkelen.

Het begon stil te worden op de vreugdeloze plek, want ook de toeschouwers waren afgedropen; en de enigen, die er nog verwijlden waren professor Prlwytzkofsky, heer Bommel en Tom Poes.

'Hebt u zich pijn gedaan?' vroeg de laatste medelijdend.

'Twas de val,' mompelde heer Ollie. 'Lelijk gevallen, bedoel ik.'

Hij wierp een treurige blik om zich heen, en toen hij de verslagen geleerde gewaar werd, krabbelde hij overeind en sleepte zich naar hem toe.

'U had me moeten waarschuwen,' sprak hij met licht verwijt. 'Ik wist niet, dat die boor op scherp stond, zodat hij in de lucht gevlogen is.'

'Der boor kan niet vliegen,' zei de hoogleraar met raspende stem. 'Hij is gewelddadigd geworden door dolzinnig knoppesdraaien!'

'O, dat,' hernam heer Bommel. 'Dat draaien... Ja, ja. Een kleine vergissing, die iedereen kan overkomen, zegt u nu zelf. Maar ik zal het goed maken en meteen een nieuwe bestellen omdat geld geen rol speelt wanneer men de wetenschap dient. En bovendien was het ding verzekerd door heer Dorknoper, die daar heel scherp in is.'

Het was natuurlijk mooi van heer Ollie om meteen een nieuwe boormachine te bestellen, maar toch liet het gebeurde een vervelende nasmaak bij hem achter. De volgende morgen begaf hij zich dan ook bedrukt opnieuw naar het toneel van zijn vergissing.

'Alles goed en wel,' sprak hij tot zichzelf. 'De fout kan gemakkelijk hersteld worden. Maar ik ben bang, dat ik een figuur geslagen heb; dat voel ik heel fijn aan. Tom Poes heeft me in de war gemaakt; daardoor kwam het. Of zou mijn geheugen toch niet zo goed zijn? Ik zal maar geen koffie bij Doddeltje gaan gebruiken terwijl ik aan het bejaren ben, ook al is de eenzaamheid moeilijk te dragen als men ouder wordt.'

Zo tobbend was hij op het terrein aangekomen, dat verlaten in de kille nevels lag. De gemeentereiniging had de ergste rommel reeds opgeruimd, maar overal lag nog verwrongen metaal, dat hem aan de Bommelboor herinnerde. Met een zucht liet hij zich op een van de stukken ijzer zakken en steunde het hoofd in de handen.

'Hier was het,' prevelde hij. 'Maar terwijl het gisteren allemaal prettig was, is het nu koud en somber; net als mijn innerlijk. Dit is allemaal heel slecht in mijn omstandigheden, en de dokter zou het nooit goedkeuren. Trouwens; het ruikt hier muf...'

Hij snoof eens en een vage herinnering kwam in hem op.

'Muf?' herhaalde hij peinzend.

Hij keek zoekend rond en tot zijn verbazing zag hij een ijl dampwolkje uit de grond komen, op de plaats waar de boortoren gestaan had.

'Die lucht herken ik,' mompelde hij verrast. 'Heb ik vroeger eens geroken. Ik weet niet precies meer waar; maar het was een heel vrolijke familie die mij erg heeft opgeknapt. Het is de damp daar, die zo ruikt!'

Hij wierp zijn ijsmuts terzijde en liep naar het plekje omgewoelde aarde, waar hij de ontsnappende wasem op begon te snuiven. Dat had een eigenaardige uitwerking; zijn bedruktheid begon te wijken en hij voelde zich licht in het hoofd worden.

'Weldadig,' mompelde hij. 'Geneeskrachtig, bedoel ik.' En zo prevelende ademde hij zo diep, dat zijn tenen begonnen te tintelen, en hij trek in Doddeltje's koffie kreeg.

Juffrouw Doddel had die toevallig net gezet, maar door het lezen van de krant kon ze er niet van genieten. En toen ze Tom Poes zag passeren, snelde ze naar buiten om lucht aan haar ergernis te geven.

'Het is toch schandelijk wat ze tegenwoordig durven schrijven!' riep ze uit. 'En met een plaatje er bij nog wel. "De Bommelboor is een mislukking, zoals te verwachten was met deze omstreden figuur", staat er onder. Het is schandelijk!'

'Hm,' zei Tom Poes. 'Het was vervelend, ja. Maar die dokter heeft gezegd, dat het de leeftijd was, en ik ben bang dat hij gelijk heeft. Heer Ollie is de laatste tijd nogal suf.'

Het vrouwtje keek hem sprakeloos van verontwaardiging aan, en in de stilte werd nu een onbestemd gebrom hoorbaar. Het was heer Bommel, die neuriënd naderde.

Juffrouw Doddel merkte dit naderende gezang niet meteen op, want haar verontwaardiging had plaats gemaakt voor woede en daarmee hervond ze ook haar stem.

'Hoe durf je!' riep ze terwijl ze met haar krant naar Tom Poes sloeg. 'Schaam je je niet? Is dat vriendschap, om kwaad te spreken achter de rug van iemand, die alles kan?'

'Maar het is waar,' zei Tom Poes terugdeinzend.

Hierdoor werd het vrouwtje natuurlijk nog driftiger; en het had verkeerd kunnen aflopen wanneer op dat moment haar aandacht niet was afgeleid door heer Ollie.

'Kom, kom,' riep deze vrolijk. 'Wat is dat nu? Ruzie, terwijl de zon achter de wolken schijnt en de natuur bezig is zich te verjongen? Foei nu toch. Alles is toch prettig? Er is toch niets waar men zich over op moet winden?'

'Gelukkig, dat u er zo over denkt,' zei Tom Poes verrast. 'Ik dacht... die krant...'

'Ze schrijven lelijk over je,' riep zijn buurvrouw uit. 'En deze lummel...'

'De kranten worden steeds narriger,' gaf heer Bommel toe. 'Laat ze toch. Ik voor mij trek me er niets van aan, hoor. Er is geen enkele reden voor. Frisse lucht ademen is beter. Daar knapt men van op, zoals de dokter al zei.'

'Hm,' zei Tom Poes. Hij begreep er niets meer van, en liep schouderophalend verder.

'Toch had ik gelijk,' zei hij tot zichzelf. 'Heer Ollie is de laatste tijd slaperig en suf. Maar het is vreemd, dat hij van het ene uiterste in het andere valt. Daar moet iets achter zitten. Maar wat?'

'De jonge vriend is wat neerslachtig,' zei heer Bommel, die hem glimlachend nakeek. 'Het komt van de winter, denk ik. Daar kunnen sommigen niet tegen.'

'Jij bent te goed, Ollie,' vermaande juffrouw Doddel. 'Je moet oppassen met hem; hij is geen èchte vriend. Stel je voor; hij wilde beweren, dat je oud wordt! Jij, die de levenslust zelf bent. Maar kom toch binnen, ik heb net de koffie klaar.'

Dat liet heer Bommel zich geen twee keer zeggen, en even later zat hij gezellig in het warme kamertje achter de tafel.

'Daar had ik nu net behoefte aan, na een ferme wandeling door de dreven,' sprak hij tevreden. 'Koffie houdt de geest helder, zei mijn goede vader altijd en daar houd ik mij aan. Vooral zoals u ze maakt, mevrouw.'

'Mallerd,' zei zijn buurvrouw blozend. 'Zeg toch Doddeltje.'

'Graag, eh... Doddeltje,' hernam heer Ollie. 'En wat Tom Poes betreft; hij is nog jong, moet u denken. Dan is het leven soms moeilijk. Als rijp heer met onderscheidingsvermogen ziet men soms héél helder hoe donker het is zodat men dan gaat zitten broeden voor de haard. Maar door de ervaring weet men, dat frisse lucht wonderen doet. Daardoor wordt alles lichter, als u begrijpt wat ik bedoel.'

'Wat kan je het toch mooi zeggen,' zei Doddeltje bewonderend.

Professor Prlwytzkofsky zat die morgen voor zijn werkbank zonder de echte lust te vinden aan het werk te gaan.

'Daar heeft der Boml wederom ener boorinrichting besteld,' sprak hij peinzend. 'Grootaardig kan men dat noemen.'

'Het zit er aan,' mompelde zijn assistent; maar de geleerde volgde zijn eigen gedachten.

'Het is schande, dat hij zo seubel is,' vervolgde hij. 'Het was ja een doller rampenspoed toen hij gisteren der ganse boorinstelling vliegen liet.'

'Ja,' gaf Alexander Pieps toe. 'Dat krijgt men, wanneer men niet op tijd zijn werk aan jongeren overlaat. Zulke verkalkte lui zouden eigenlijk met pensioen moeten.'

De hoogleraar bewolkte.

'Dat is ja narrenspraak enes ongevormden,' zei hij bestraffend. 'Der Boml heeft heel gewoonlijk ener fobie, door te veel luisteren naar jonge leerkoppen. Merkt u zich dat aan. En ik gevoel het als mijner plicht om der slokker te helpen, nu hij *mij* zo duchtig helpt.'

Hij liet zijn zitplaats zakken en trad op het telefoontoestel toe om het nummer van de bekende zielkundige Zielknijper te bellen.

'Ouwe sokken steunen elkaar,' stelde de assistent vast. 'Daarom is de wereld zo aan het vergaan. Vroeger zou ik een protestaktie begonnen zijn, maar nu denk ik wel eens, dat ik eigenlijk geriatrie had moeten studeren.'

'Ja, bestemd,' sprak de professor, die aansluiting gekregen had. 'Het gaat om der geestigheid des Bommels. Kunt u niet eens tactvol en onvermerkt een wetenschappelijker aandachtsblik op hem werpen? Het is ener jammer dat zo ener groter geest verkrankt.'

Voordat hij van huis ging had heer Ollie aan Joost gevraagd om de Oude Schicht een goede beurt te geven. Dat was geen aantrekkelijke opdracht, want er woei een gure wind en het water was koud.

'Het dient trouwens nergens voor,' mompelde de bediende gemelijk. 'Straks gaat het regenen, en dan vermoddert de wagen voordat men het weet. Het is heel betreurenswaardig, als ik zo astrant mag wezen.'

Op dat moment werd hij het geratel van een oude fiets gewaar, en toen hij omkeek zag hij doctorandus Zielknijper naderen.

'Goeie dag,' sprak deze, van zijn rijwiel stappend. 'Is de heer Bommel thuis? Ik hoorde, dat hij zich niet wel voelt, en ik dacht: een praatje met een oude kennis zal hem goed doen.'

'Ik ben zo vrij dat te betwijfelen,' zei de knecht zorgelijk. 'Heer Olivier gaat zienderogen achteruit en praatjes maakt hij niet meer; behalve over zijn auto. Het is een hele verantwoordelijkheid voor mij, dat ziet u. Tenslotte ben ik niet aangenomen om een patiënt op me te nemen. Maar ja, soms heb ik wel eens medelijden, want hij is geheel apatiek, en lust zelfs geen eten meer, met uw goedvinden. Het is zwarte gal, als u mij vraagt.'

'Het zit dieper,' meende de zielkundige peinzend. 'Het zou kunnen duiden op angstgevoelens voor de oude dag, gepaard aan eenzaamheid. Een gedepresseerd geestesleven; ik zie dat vaker in mijn praktijk. En gebrek aan eetlust is...'

'Is het eten klaar, Joost?' riep een opgewekte stem achter hem. 'Ik heb trek.'

Het was de lijder zelf, die veerkrachtig over het tuinpad kwam aanlopen.

'En kijk, we hebben visite!' vervolgde hij, terwijl hij de heer Zielknijper hartelijk op de schouder sloeg. 'Leuk u te zien als u niet zielkundig bezig bent. Dat werkt altijd zo neerdrukkend, dat men er wat van krijgt, als u begrijpt wat ik bedoel. En het is aardig, dat je de Schicht een beurt geeft, Joost. Heb je de binnenkant niet vergeten? As op de zitting is zo stoffig, hè? En ik houd van netheid, dat weet je.'

Met die woorden opende hij het portier om zich op de hoogte te stellen.

Dat had onverwachte gevolgen, want door de afleiding had de bediende de richting van de spuit niet goed in de hand gehouden, zodat de wagen heel wat water binnen had gekregen. Dat spoelde nu naar buiten in een brede golf, waar heer Ollie middenin stond. De omstanders deinsden verschrikt achteruit en ook heer Bommel was verrast. Maar hij was de eerste, die zich van de schrik herstelde.

'Dàt had nu niet gehoeven,' sprak hij. 'Je hebt het een beetje slordig gedaan, Joost. Maar ja, dat zal de leeftijd zijn. Dan wordt men wel eens verstrooid, heb ik ergens gelezen.'

Hij wierp een meewarige blik op de ontstelde bediende en begon zijn jas uit te wringen.

'Trek het je niet aan,' troostte hij. 'Je bedoelde het goed, en daar gaat het om, wat u, heer Zielknijper?'

De geleerde had echter reeds onopvallend zijn fietsje bestegen en was weggereden.

Teruggekeerd in zijn kliniek, greep hij de telefoon en belde professor
Prlwytzkofsky op.

'Ik heb de heer Bommel opgezocht, zoals we hadden afgesproken,'
meldde hij. 'Onopvallend heb ik hem een poosje gadegeslagen, maar
naar mijn mening is er niets met hem aan de hand. Nee, geen sprake
van een... Juist, ja, geen spraak van een verkrankter geest. Dat wilde ik
juist zeggen. Geheel normaal, volgens mij. Zeer levenslustig en fris.
Het moet een tijdelijke inzinking geweest zijn; ik zie dat vaker in mijn
praktijk.'

Wanneer hij heer Ollie de volgende morgen had zien lopen, zou hij
echter hebben getwijfeld. De gisteren nog zo opgewekte heer bewoog
zich nu lusteloos door het winterse landschap en sprak mompelend
tot zichzelf.

'Zou ik aan tijdelijke inzinkingen lijden?' vroeg hij zich af. 'Toen ik
vanmorgen opstond, was het er weer. Dat doffe gevoel, bedoel ik. Of
misschien heb ik kou gevat door de waterspoeling uit de Oude hoe-
heet-ie. Maar gelukkig weet ik nu wat er tegen helpt; ik herinner me
nog heel goed waar het was.'

Zo prevelende slofte hij voort, totdat hij de plek gevonden had waar
de boortoren gestaan had. Een glimlach plooide zijn vermoeide trekken toen hij op het verwrongen metaal ging zitten en de dampen begon op te snuiven.

'Dit is het,' fluisterde hij, terwijl hij zijn das wat losser trok. 'Frisse
lucht. Ik voel mijn gemoed opklaren, bedoel ik.'

Intussen begon magister Hocus Pas het minder naar zijn zin te krijgen. Onrustig ijsbeerde hij door de kleine ruimte, die hij in de Tranemont-spelonk had afgesloten en keek loerend om zich heen.

'Het bevalt me niet,' preutelde hij. 'De zwalm puft, en toch is de sfeer dun. De lading is niet meer wat hij geweest is. Wie berooft een oude stakker van zijn wadem? Niet die klapmutsen hiernaast; die zijn te bot om lucht te ruiken. Maar ik heb gisteren een schok in het gesteente gevoeld...'

Hij hield plotseling de pas in en keek met bolle ogen naar de zoldering van het gewelf.

'Er moet daar ergens een gat ontstaan zijn,' kraste hij. 'Kijk maar hoe de wadem omhoog trekt. Waar is dat gat?'

Stommelend tussen de rotsblokken begon hij te zoeken; maar de dwergen in de spelonk naast hem merkten niets van zijn moeilijkheden. Toch waren ze minder bot dan de grijsaard meende, want ze hadden nog steeds niet in de veranderde toestand berust.

'Blijft slechte lucht hier,' bromde één van hen. 'Suf. Geen wadem.'

'Grot is niet goed meer,' beaamde zijn buurman. 'Warm, maar suf.'

'Kunnen beter naar buiten gaan,' stelde het vrouwtje voor. 'Misschien is lucht daar beter.'

'Goed gezegd,' meende de eerste. 'Is er ook lichter. Misschien vinden we een andere wademgrot.'

'Hoeft niet,' zei het vrouwtje. 'Als er maar tranemontane is.'

Omdat Tom Poes niet gerust was over het gedrag van heer Bommel zocht hij Joost op.

'U haalt me de woorden uit de mond, als ik me zo mag uitdrukken,' sprak deze, een aardappel schillend. 'Van het ene uiterste in het andere; net als u zegt. Laat de Minestrone Seigneur Isolé staan omdat hij geen trek heeft. En dat, terwijl ik er mijn uiterste zorg aan besteed heb, met venkel en prei, wanneer u mij toestaat. En als hij dan later van een uitputtende wandeling terugkomt, roept hij om hutspot! Nu vraag ik u.'

'Hm,' zei Tom Poes. 'Na een wandeling, hè?'

Joost keek getroffen op.

'Daar zegt u het,' gaf hij toe. 'Het valt me op, dat hij altijd uitgaat als hij een inzinking heeft, en dan opgewekt thuis komt. Houd u mij ten goede, maar zou hij ergens aan verslaafd zijn?'

'Ik zal hem in de gaten houden,' beloofde Tom Poes. 'Tenslotte heeft de dokter dat ook voorgeschreven.'

Heer Ollie had op dat moment echter geen behoefte aan begeleiding. Hij zat vergenoegd naast het dampende heuveltje en keek naar de figuren, die achter hem de bodem onderzochten. Het waren professor Prlwytzkofsky en zijn assistent, die een andere plek voor de boortoren zochten.

'Een langwielige zaak,' hoorde hij de hoogleraar zeggen. 'Nu is mijner Zarynx-ader van standenpunt geanderd. Door der misslag des vorigen males, vermoed ik. Het geeft ja altijd ener onbestandigheidsfaktor. Wij moeten snel verzoeken weer op zijner spoor te geraken, mijnheer Pieps. Anders kan der nieuwe instelling niet geplatst worden.'

'Maar waarom moeten wij ons zo haasten?' vroeg Alexander Pieps. 'Ik zie het hele nut van die ader niet zo zitten. Die bodemverrijking van u wordt toch alleen maar gebruikt voor milieu-verontreiniging en bewapening; ik ken dat.'

De geleerde had ontsteld toegeluisterd en nu maakte drift zich van hem meester.

'Verzwijgt u zich!' riep hij uit. 'U bent ener weteniets. Der nuts des Zarynx-stromes is ja, dat hij grond verrijkert en groeien laat. Der energie wordt niet bestemd voor wapenen en ontreinigen, maar is dienstig voor wassen! Zonder een wetenschappelijker ingreep zal in ener jaarhonderd gans der aardesbodem overgewoekerd zijn door der steenkanker. Wat is dan schoner dan verrijkerd gróótgras? Overal zal men der groen groeien laten; huizenshoog. Middels der energievloedigheid, die ik bekomen zal. Roept u zich dat in uwer geestesoog, mijnheer Pieps!'

'Ik zie het al,' zei de assistent schamper. 'Mooi hoor. Huizenhoog gras! Geknoei met de natuur uit de oude school, noem ik dat. Men zou dit soort onderzoek aan jongeren moeten overlaten, die weten wat er eigenlijk aan het gebeuren is. De wereld heeft andere dingen nodig...'

'Praw!' schreeuwde de heer Prlwytzkofsky. 'En wat benodigt der wereld?'

'Welvaart!' riep Pieps. 'Vooruitgang. Voedsel...'

'En is der gras geen voedering?' bulderde zijn chef met rauwe stem. 'Of korn en getreide?'

Deze geleerde woordenwisseling had ernstige gevolgen kunnen hebben, wanneer er op de achtergrond niet een goed geluimde heer had gezeten.

De boze stemmen staken schril af tegen zijn eigen prettige stemming, zodat hij besloot er een einde aan te maken.

'Kom, kom,' riep hij opstaande. 'Dat gekibbel is niet leuk. Luister liever naar het zingen van de wind.'

De geleerden wierpen een onthutste blik op de roepende, die met een wapperende sjaal in de noordooster stond, en de professor snauwde: 'Wat is dat voor ener kwatsj? Wij maken wetenschappelijker arbeid en geen kibbel!'

'Het is geen kwats,' riep heer Ollie terug. 'Hier kunt u frisse lucht opsnuiven. Van hier uit kunt u zien hoe mooi en vrolijk de wereld is.'

'Praw,' mompelde de heer Prlwytzkofsky. 'Wat kan der Boml menen? Zo ener bemerking is ja malzinnig.'

Maar omdat doctorandus Zielknijper had vastgesteld, dat heer Ollie geheel normaal was, zette hij zijn bril recht en liep naar het heuveltje, gevolgd door zijn assistent.

'Der wereld geeft hier niets mooies,' sprak hij gemelijk. 'U zit hier tussen de verschutterde boorinstellingsresten, waar mijner ader geschadigd geworden is. Ik benodig der ader en geen frisser lucht.' Daar was heer Bommel het echter niet mee eens.

'Door mijn eigen boring heb ik een heel ander soort ader blootgelegd,' zei hij geheimzinnig. 'Geen stroom, maar een luchtje. Kijk maar; daar komen dampen uit de grond!'

En met die woorden wees hij op Alexander Pieps, die aandachtig stond te snuiven.

Door wetenschappelijke nieuwsgierigheid gedreven, trad de hoogleraar op het heuveltje toe.

'Goed ruiken, prof,' riep de assistent jolig. 'Dit is wat anders dan groot gras.'

Hij huppelde uitgelaten om zijn chef heen en gaf hem speels een tikje op de achterkant. De geleerde merkte het nauwelijks op; hij haalde diep en piepend adem, terwijl hij steun zocht op de opgeworpen aarde omdat een lichte duizeling hem beving. Doch toen rechtte hij de rug en zijn baard vervormde tot een onwennige glimlach.

'Dat is ja gans zonderbaar,' sprak hij. 'Hier ontkomt een eigendommelijker gas aan der aardesbodem. Het is klaar, dat door de boems der boorinstelling ener heilzame aardgas aangeboord geworden is. Dat kan ja een schoner koeroord geven waar men heilsbaden genieten kan. Een badesoord voor geestelijker opknapping.'

'Het is geen badesoord,' zei heer Ollie terwijl hij naast de geleerde plaats nam. 'Het is een gasbron. Een Bommelbron tegen olinatie.'

Maar de ander hoorde hem niet omdat hij het te druk had met zijn eigen gedachten.

'Plotseling versta ik wat der Pieps bedoelde,' riep hij monkelend uit. 'Wie kommert zich om grote grassen, wanneer men zich met kleine gassen vergenoegen kan?'

'Heel goed!' zei de assistent giechelend. 'Ik wist niet, dat je dat in je had, ouwe!'

'Men heeft veel meer in, dan men weet,' kraaide de professor. 'En in ener koeroord komt dat alles eruit.'

'Het besturen van een stad is geen lolletje, vandaag-de-dag,' mompelde burgemeester Dickerdack. Hij zat met bleke ogen naar de cijfers te kijken, die de ambtenaar Dorknoper hem verstrekt had, en het zweet brak hem uit.

'Bezuinigen,' maande de beambte. 'Dat is dringend geboden. Geen gelden voor een nieuw gemeentehuis; en toelagen voor gezang in vermaakopera's zijn uit den boze. Ook vrees ik, dat het aannemen van overheidspersoneel teruggebracht moet worden. Met een bezwaard gemoed, burgemeester; er is dringend tekort aan ambtenaren. Maar de feiten zijn er – en daar zitten we mee.'

Op dat moment zwaaide de deur open en professor Prlwytzkofsky betrad lichtvoetig het vertrek.

'Praw!' riep de geleerde uit. 'Ontschuldig der stoornis, maar ik ga zovoort weder henen. Geld is het enige wat ik vragen kom. Geld voor der bouw ener koeroord met heilsbaden.'

'Geen sprake van,' zei de heer Dorknoper. 'We zitten met grote zorgen...'

Verder kwam hij niet, want de geleerde legde hem met een vriendelijk schouderklopje het zwijgen op.

'Dat is het ja nèt,' riep hij lachend. 'Kommernis en zwarigheden. Daarvoor zijn heilsbaden der lozing. En ik heb mij daar badesgassen aangeboord, die in der wetenschap gans onbekend zijn. Wederom hebben de psifaktoren zegengevierd, mijne heerschappen!'

De burgemeester rees uit zijn zetel op en keek verbluft naar het vrolijke toneeltje.

'Ook dàt nog,' prevelde hij. 'Het is de prof in zijn bol geslagen.'

'In den daad!' gaf de hoogleraar toe. 'Het is mij plotseling klaar in der kop geworden! Door der opademen des heilsgasses uit der grondesbodem. Daar ziet men der ganse wereld in der schone schijn der werkelijkheid. Daar verzwinden de zwarignissen.'

Hij sloeg een kuitenflikker en vervolgde: 'Komt u met mij, bid ik u. Dat zal u overtuigen van de noodwendigheid daar een koeroord op te stellen. Komt u toch mede!'

Zijn toon was zo dringend, dat de burgemeester besloot een onderzoek in te stellen; vooral omdat de sfeer in zijn werkvertrek hem al lang tegenstond.

Niet lang daarna naderde de dienstauto dan ook het heuveltje, dat even tevoren door heer Bommel verlaten was.

'Eigenaardig,' mompelde de magistraat, die als eerste de dampen inademde. 'Aardig, zou ik zeggen... Wat licht in het hoofd... Maar toch; héél aardig...'

'Zo is het ja net,' stemde de geleerde in. 'Ik zou zelfs zeggen; buitenordentelijk aardig!'

'Hm,' zei de ambtenaar Dorknoper. 'Ik weet niet wat hier aardig aan is. Het riekt muf, en het lijkt mij een soort bodemgas toe, als u mij vraagt.'

'Ik vraag je niks,' riep de burgemeester met toenemende verlichting.

'Het is geen bodemgas,' zei de hoogleraar. 'Maar ik ga zovoort ener monster nemen om het wetenschappelijk te proeven.'

Tom Poes zat aan de kant van de weg op een grassspriet te kauwen toen heer Bommel opgewekt huiswaarts keerde.

'Hallo, jonge vriend!' riep deze, stilstaande. 'Zit je daar nog steeds te mokken omdat Doddeltje gisteren boos op je was? Ze bedoelde het goed, hoor. Zij weet waar de wijsheid is; en dat is bij een heer, die zo maar een badesbron aanboort. Beter gassen dan grassen. Beter kleine grassen dan grote gassen, bedoel ik. Hahaha.'

Tom Poes keek hem verbluft aan, en heer Ollie boog zich vertrouwelijk naar hem over.

'Dat was een grapje,' legde hij uit. 'De professor heeft er smakelijk om gelachen, als heren onder elkaar. Maar jij hebt geen gevoel voor humor, zie ik. Tot de volgende keer dan maar.'

Hij vervolgde zijn weg en Tom Poes keek hem ongerust na.

'Het is helemaal mis met heer Bommel,' zei hij toch zichzelf. 'Er is iets aan de hand, dat ik niet snap. Het is begonnen na zijn bergtochtje en het wordt steeds erger. Ik ben bang, dat hij weer met iets bezig is, waar narigheid van kan komen. Natuurlijk is het beter dan zijn somberheid, maar dit is een beetje te veel van het goede. Hoe kan ik hem weer gewoon krijgen?'

Het geluid van naderende voetstappen deed hem opschrikken uit zijn gepeins, en toen hij opkeek, zag hij de heer Dorknoper naderen met een verbeten uitdrukking op het gelaat.

46   De ambtenaar eerste klasse bleef staan, en ondanks de frisse wind nam hij de hoed af om zijn voorhoofd te betten.

'Weet jij soms iets van dat vergiftige aardgas, dat een eind verderop uit de grond komt?' vroeg hij.

'Aardgas?' herhaalde Tom Poes. 'Maar dat is toch nuttig?'

'Dit niet,' zei de beambte zuchtend. 'Het is milieuvervuilend en schadelijk voor de bevolking. De burgemeester is er tijdens het onderzoek al door aangetast. Hij zit daar maar en overweegt onbezonnen maatregelen; zoals het bouwen van een kuuroord. En dat, terwijl er zelfs geen geld is om ambtenaren aan te nemen. Het hoofd van het gemeentelaboratorium zal het gas onderzoeken; maar ik ben bang, dat de professor zelf aangeslagen is. Het is een toestand.'

De heer Dorknoper was niet de enige, die zorgen had. In de grot onder de bergen zaten de holbewoners gedrukt bij elkander en bespraken hun moeilijkheden.

'Wordt hier steeds slechter,' zei een van hen. 'Zwarte maakt boze geluiden.'

'Geen tranemontane,' gaf een ander toe. 'Maakt het hier muf.'

'Beter toch de wereld in te trekken,' stelde de derde voor. 'Daar is het ook slecht. Maar beter dan hier, waar zwarte lillijke dingen gaat doen.'

'Beter de wereld in te trekken,' besloot het vrouwtje, dat er bij zat.

En omdat zij het laatste woord had, maakten ze zich reisvaardig.

Nu de bewoners van de Tranemontspelonk aan hun uittocht begonnen, werd de stilte, die gewoonlijk over de Zwarte Bergen hing, verbroken door het geschuifel van voetstappen en het gemompel van vele stemmen. Vooral in de smalle Poerpas was het een drukte van belang, omdat zij hun oudste op de voet wilden volgen. Dat was te begrijpen; hij was in zijn jeugd al eens in de wereld geweest; als nar aan het hof van graaf Mork.

'Is erg,' sprak hij tot het vrouwtje, dat zijn paddestoelen droeg; zoals het hoorde. 'Ik weet de weg naar grote wereld en zal die wijzen. Maar ben bang, dat we moeten werken voor eten. Zwammen raken op, en voor nieuwe moet betaald worden. Wereld is slecht. Goede wademtijden zijn voorbij.'

De oorzaak daarvan was magister Pas, zoals we weten. Maar deze beleefde ook geen genoegen aan het opwekkende gas, dat hij voor zichzelf gereserveerd had. Het ontsnapte ergens door de zoldering en de misselijke grijsaard was hijgend en scheldend bezig om de oorzaak op te sporen.

'Daar boven moet een tochtgat zijn,' kraste hij terwijl hij zich moeizaam langs een paar druipstenen naar boven werkte. 'Bij Zazel! Dat moet ik stoppen! Dat moet dicht; want anders zijn de goede tijden van een oude man voorbij. Ik zeg: dat moet ik stoppen, vóórdat het te laat is.'

De heer Dickerdack had intussen ferm aangepakt, zodat er al spoedig een fraaie koepel verrees op de plaats, waar eens de Bommelboor gestaan had. De zuilen vertoonden enige afwijkingen en het gehele bouwwerkje maakte een tamelijk slordige indruk. Maar dat kwam omdat de bouwers al metselende onder de invloed van de heilzame gassen raakten; en aangezien de vele omstanders daar ook het genot van hadden, was de beambte Dorknoper de enige, die er over viel.

'Schandelijk,' sprak hij, toen hij met de burgemeester en heer Ollie naar de vorderingen kwam kijken. 'Knoeiwerk. Dit gaat zo niet. En het ergste is nog, dat mijn ambtenaren niet meer op hun werk komen, omdat ze liever hier zijn. Trouwens; wie moet dit allemaal betalen?'

'De betaling komt wel terecht,' zei heer Bommel gul. 'Geld speelt geen rol voor een Bommelkoerbad; zegt u nu zelf. Kijk nu toch eens aan hoe blij die dakdekkers daar staan te zingen.'

'Ja,' viel de burgemeester bij. 'Luister nou toch eens. Waarom neem je geen andere ambtenaren aan, Dorknoper? Tenslotte heeft iedereen recht op ontspanning; zelfs beambten.'

De ambtenaar eerste klasse werd overvallen door een groot gevoel van eenzaamheid en hij verliet droevig het terrein. Op datzelfde moment was Tom Poes op weg naar het stadslaboratorium, om te kijken of professor Prlwytzkofsky de samenstelling van het gas al onderzocht had.

'Dorknoper zei nu wel, dat die ook aangeslagen was,' dacht hij, 'maar tenslotte is de prof een geleerde; en de wetenschap gaat bij hem voor alles.'

Toen hij binnenkwam stond professor Prlwytzkofsky een reageerbuisje te onderzoeken. Het was duidelijk, dat de geleerde schik in zijn werk had, want terwijl hij het glaswerk tegen het licht hield, hief hij een gevoelig lied aan, dat de ruiten deed trillen.

'Een bloemlein bloemt in Oertsjistan,' zong hij met een ongeschoolde keelstem. 'Een bloemlein zonder blader... Verhoogt u der vlam een weinig, mijnheer Pieps. Dezer proeksel is niet recht gaar... Daar komt der wintr nader. In Oertsjistan...'

'Weet u al wat dat voor spul is?' vroeg Tom Poes, de hoogleraar op de jas tikkend.

'Alleen maar ener vertaling,' verklaarde deze. 'Der vers is ja veel schoner in zijn eigener spraak, maar wat wilt u. Alle spraken zijn onwetenschappelijk.'

'Ik bedoel dat gas,' zei Tom Poes ongeduldig. 'Het gas uit de grond...'

'Dit?' riep de professor lachend, en hij wees op het buisje. 'Dit is ener luchtverdichtering, die ik in de wetenschap nog niet begegend heb. Maar het is wichtiger het te snuiven, dan het te vervloeien en uit te koken. Verdooft u der gasbrenner toch maar, mijnheer Pieps. Wij verdoen hier tijd, der men aangenamer nutten kan.'

Zo sprekende wierp hij de reageerbuis met losse hand over de schouder, zodat die tegen de muur uiteen spatte. En de assistent Pieps gaf de brander een flinke trap met het oogmerk de vlam te doven, zoals zijn opdracht was. Maar jammer genoeg was deze wijze van werken niet geheel wetenschappelijk, en de gevolgen bleven dan ook niet uit.

De kolf, die op de gasbrander had gestaan, sloeg op de vloer aan scherven, zodat de inhoud naar alle kanten spatte. Helaas bleek die nogal brandbaar te zijn, want toen de vlam er in sloeg, vatte ze onmiddellijk vuur en zette de werkbank in lichterlaaie.

'Brand!' riep Tom Poes. 'Kijk eens wat je gedaan hebt!'

'Ja, mooi,' gaf Alexander Pieps toe. 'Ik had eigenlijk evapologie moeten studeren.'

'Water!' schreeuwde Tom Poes. 'Alles gaat er aan!'

Professor Prlwytzkofsky had zijn werkjasje voor een wandelkostuum verwisseld, en keek glimlachend om.

'Praw,' sprak hij. 'Zo, wat? Der apparatuur is doch geouderd. Wellicht geeft der behoorde eindelijk der nieuwe waarnaar ik schoon lange gevraagd heb. Ik ga thans ener frisser lucht scheppen. Kom mede, mijnheer Pieps, wij gaan der gas bij der bronne studeren.'

Zo schertsende verlieten de beide geleerden het pand, waaruit nu de vlammen naar buiten sloegen; en Tom Poes bleef alleen in de rookwolken achter. Hij haastte zich tussen het knetterende houtwerk door naar de telefoon om de brandweer te bellen, maar het gelukte hem niet gehoor te krijgen.

'Daar was ik al bang voor,' mompelde hij. 'Het zou me niet verbazen als de brandweerlieden ook naar de bron zijn om frisse lucht te scheppen. Het is erg.'

Het verbranden van het stadslaboratorium bleef natuurlijk niet onopgemerkt, maar niemand wist precies hoe het vuur ontstaan was.

Hoofdredacteur Fanth van de Rommeldamse Courant nam de volgende morgen fronsend de pagina's door om het fijne van de zaak te weten te komen – en toen dat niet lukte ontbood hij de verslaggever Argus.

'Wat betekent dat?' riep hij verhit. 'Eén van de belangrijkste gebouwen in de stad is een prooi der vlammen geworden. Een burcht der wetenschap! En alles wat jij er over schrijft is: "*Stadslab afgebrand. Naar verluidt is gisteren het stadslab afgebrand*". Dat is alles! Is dat berichtgeving? Wat zijn de oorzaken? Welke bende zit er achter? Is er een geheime bom gaan lekken? Is er een proef uit de hand gelopen? Wat? Kan je geen beter verslag leveren?'

'O, jawel,' gaf de journalist toe. 'Maar ik heb wel iets leukers te doen, hahaha.'

Het is te begrijpen, dat de heer Fanth in grote woede ontstak en hem op staande voet ontsloeg, zodat hij even later weer alleen zat. Maar dat bevredigde hem toch niet geheel.

'Het is erg,' mompelde hij, terwijl hij gemelijk door zijn dagblad bladerde. 'Een heel hoofdartikel over een kuuroord van Bommel; alsof dàt belangrijk is. Een hoofdartikel. En niets over de brand in een bouwwerk waarin al vaak een Nobelprijs bijna is gewonnen. Hm; zou daar een verband in zitten? Argus is toch een goeie verslaggever, en zijn houding is niet normaal. Nu lijd ik trouwens aan onderbezetting. Wat te doen?'

Ten slotte besloot hij om persoonlijk op onderzoek uit te gaan, want hij wilde wel eens weten wat er zo bijzonder was aan het kuuroord van heer Ollie. Hij was niet de enige die er heen ging. Al van verre zag hij een verkeersstroom zich in de richting van het nieuwe gebouwtje spoeden, en toen hij er dichter bij kwam, merkte hij tot zijn verbazing een menigte op, die zich daar vertrad. Tom Poes zat aan de kant van de weg en zag hem passeren.

'Die ook nog,' dacht hij. 'Iedereen gaat naar heer Ollie's lelijke tempeltje. Ik hoef er niet meer van te zien dan ik nu doe en het is zeker dat de gassen, die daar uit de grond komen, niet deugen. Hoe komen we er weer af?'

Op dat moment werd hij gestoord door een groepje voorbijgangers, dat langs een zijpaadje genaderd was.

'Weet jij de weg?' vroeg de oudste, de pas inhoudend.

'Dat ligt er aan,' zei Tom Poes. 'Waar moeten jullie naar toe?'

'Weet ik niet,' legde de ander uit. 'Hebben geen wadem meer. Moeten nu werken voor eten.'

'Wadem?' herhaalde Tom Poes verbaasd. 'Wat is dat, en waar komen jullie vandaan?'

'Woonden in berg,' hernam de vreemdeling. 'Daar was leven goed voor wadem-volk. Maar zwarte is gekomen, en nu is het bruin geworden in berg. Daarom moeten we de wereld in, en werken voor eten. Waar is werken?'

'Hm,' zei Tom Poes. 'Het lijkt me het beste om naar het arbeidsbureau te gaan; in de stad.'

'Naar stad,' sprak de oudste vreemdeling, en hij liep verder, gevolgd door zijn metgezellen.

'Een raar stel,' zei Tom Poes bij zichzelf. 'Van een wademvolk heb ik nooit gehoord. En wie is die zwarte, waar dat ventje het over had? Hm, ik ben benieuwd of het arbeidsbureau ze aan werk kan helpen. Dat zal niet gemakkelijk zijn.'

Daar had hij gelijk in; vooral omdat het nuttige bureau geheel verlaten was. Toen ambtenaar Dorknoper er die morgen binnentrad, zette hij zijn tas neer en keek ontstemd in de lege, donkere ruimte rond.

'Daar was ik al bang voor,' mompelde hij. 'Niemand komt meer op zijn werk; zelfs gemeente-ambtenaren niet. Men gaat liever de muffe gassen van dat zogenaamde kuuroord opsnuiven. Het is geheel tegen de reglementen. En intussen sta ik hier alleen, als ambtenaar eerste klasse. Aan wie moet ik het werk nu delegeren?'

Op dat moment klonk er gestommel aan de andere kant van het loket en een schrille vrouwenstem riep: 'Waar is werk?'

'Dit is arbeidbro,' verklaarde iemand anders. 'Heb ik gelezen. Maar zie geen werk.'

De heer Dorknoper begreep, dat er klanten waren, en omdat de overheidsdiensten natuurlijk altijd moeten doorgaan, besloot hij persoonlijk in te springen.

'Misschien is er wel een ambtenaar in voorlopige dienst bij,' dacht hij, het hoofd naar buiten stekend.

'U zoekt werk?' vroeg hij aanmoedigend.

'Moet werken voor eten,' gaf de klant toe. 'Zwammen raken op, en wereld is slecht. Waar is werk?'

'U treft het,' hernam de ambtenaar. 'Er is hier juist een vacature, als voorlopig beambte op het arbeidsbureau. Kunt u lezen en schrijven? Hebt u getuigschriften? En bovenal; bent u punktueel?'

Deze vragen brachten de bezoekers enigszins in verwarring, en ze trokken zich terug om te overleggen. Wat er precies gezegd werd, kon de ambtenaar niet verstaan, maar hij begreep wel, dat het voornamelijk over wademgebrek en behoefte aan paddestoelen ging.

Ten slotte kwam men tot overeenstemming, en de oudste bezoeker trad opnieuw op hem toe.

'Ikzelf,' verklaarde hij. 'Kan schrijven en lezen; a, b, c. Punktuwee weet ik niet en tuigschrift is weg.'

De heer Dorknoper zuchtte. 'Wat was uw laatste betrekking?' vroeg hij.

'Nar,' zei de ander. 'Hele mooi. Hof van graaf Mork. Heb daar leren lezen; a, b, c. Maar was niet veel wadem. Beter in Tranemontgrot.'

'Juist,' gaf de beambte moedeloos toe. 'U bent aangenomen. In tijden als deze moet men zijn eisen niet te hoog stellen.'

Het groepje werkzoekenden schuifelde het vertrek binnen, dat achter de loketten lag, en de ambtenaar Dorknoper nam een lijvig boek ter hand.

'Hierin staan de aangeboden posities,' legde hij uit. 'U moet dit keurig bijhouden, dat spreekt. Maar nu moet ik u eerst even op de loonlijst plaatsen. Hoe is uw naam?'

'Naam?' vroegen de bezoekers verbaasd, en de oudste verklaarde: 'Hebben geen naam. Niet nodig in grot.'

'Geen naam?' riep de beambte uit. Hij begon te vrezen, dat de moeilijkheden hem boven het hoofd groeiden, en daarom vervolgde hij haastig: 'Juist. Hm. Een ambtenaar heeft ook eigenlijk geen naam nodig. Misschien zelfs beter van niet, nu ik er over nadenk. Daarom zal ik u te boek stellen als A; ambtenaar in voorlopige dienst. Uw vrienden hier kunt u dan in dit boek opschrijven als B en C. Ze kunnen gaan solliciteren naar de aangeboden betrekkingen, en u gaat hier aan het werk. Mijn gelukwensen.'

Het is echter te begrijpen, dat hij er niet zo makkelijk afkwam.

Mevrouw B wilde weten wat solliciteren was en de heer A had heel wat vragen over het werk, dat hem was opgedragen. Het liep dan ook al tegen de middag, toen de heer Dorknoper eindelijk het arbeidsbureau verliet.

'Wat een toestand,' sprak hij uitgeput tot zichzelf. 'Dit wordt natuurlijk een janboel, die de roep van ons, ambtenaren, geen goed zal doen. Maar de overheid kan niet rusten. Geen dag. En daarom moeten we roeien met de riemen, die we hebben.'

Toen de heer Fanth die middag weer op de krant kwam, was hij een heel andere hoofdredacteur geworden.

'Dat kuurtje heeft me werkelijk opgeknapt,' sprak hij, een bellende telefoon opzij schuivend. 'Het is natuurlijk jammer, dat hier niemand meer zit te werken, want zo krijg ik mijn krant niet vol. Maar de jongens hebben gelijk, dat ze ook liever frisse lucht happen dan hier de zenuwen te krijgen. En wat de krant betreft... Tja... misschien kunnen we een herdrukje maken van zes jaren geleden. Toen waren er ook onlusten in die buurt, en een lekker ongeluk zat er zeker in.'

Hij begon in een oude legger te bladeren, maar daarmee was hij nog niet ver gekomen toen er twee bezoekers binnentraden.

'Komen van arbeidbro,' zei de voorste. 'Voor werken.'

'Zoeken jullie werk?' riep de heer Fanth uit. 'Ik wist het wel; komt tijd, komt raad. Mevrouw hier kan de kunst doen en meneer neemt het binnenland. Jullie kunnen direct beginnen. En denk er aan; pakkende koppen is het halve werk.'

'Wat is kunst?' vroeg de nieuwe redactrice.

'Dat weet niemand,' riep haar chef luchtig. 'Je verzint maar wat.'

'Binnenland,' mompelde haar lotgenoot. 'Dat weet ik wel. Maar pakkende koppen weet ik niet.'

'Laat maar, laat maar,' zei de heer Fanth. 'Dat zal de hoofdredacteur dan wel doen.'

Nadat hij zijn nieuwe redactieleden hun plaatsen had gewezen, trok de heer Fanth zijn handschoenen aan en daalde de trap af om naar de club te gaan. Op de stoep sloeg hem een kille regen in het gelaat, en dat zette een kleine domper op zijn stemming.

'Geen sterke redactie,' prevelde hij. 'Kan niet eens pakkende koppen maken. Dat moet de hoofdredacteur doen. En wie is dat? Dat ben ik! Dan moet ik dus toch weer zèlf gaan zwoegen, en dat heb ik al genoeg gedaan in mijn jonge jaren. Nee; helemaal goed geregeld is dit nog niet. Ik moet een adjunct hebben.'

Met deze gedachte keek hij de straat af; en daar zag hij over het natte asfalt een druilige figuur naderen, die een bord over de schouder droeg. Er was met ongeschoolde hand op geschreven "Wij ijsen werk", en het is te begrijpen, dat de hoofdredacteur een verraste uitroep slaakte.

'Daar heb ik je!' riep hij uit, terwijl hij de onthutste betoger op de schouder klopte. 'Werk, hè? Dat kan je krijgen. Jij kan tenminste een pakkende kop maken. Ik neem je aan als mijn plaatsvervanger, en je kan direct beginnen.'

'Hihihi, wat mal,' sprak de werkzoeker vermaakt. 'Koppen maken kan ik wel. Met modder en draaien en zo. Maar het pakken moet ik nog leren.'

'Zo hoor ik het graag,' zei de heer Fanth. 'Dan heb je aan mij een goeie. Aan de slag. En als er soms moeilijkheden zijn, ben ik te bereiken op de Kleine Club. Hoe heet je?'

'Wammes Waggel,' zei de nieuwe adjunct trots.

Toen Tom Poes de volgende morgen langs het huisje van juffrouw Doddel liep, zag hij haar bij het hekje staan met een krant in de hand.

'Ik zag je aankomen,' zei ze. 'En ik dacht: dat moet ik hem toch even laten zien, want hij praatte de vorige keer zo lelijk over Ollie, dacht ik. Hier kan hij wat van leren.' Zo sprekende hield ze hem het ochtendblad onder de neus en Tom Poes keek verbaasd naar het artikel, dat ze hem wees.

'De foto van heer Bommel staat op zijn kop,' zei hij. 'En wat ziet die krant er uit!'

'Dat is nu net iets voor jou!' riep het vrouwtje. 'Letten op de kleinigheden en de hoofdzaken niet zien. Je moet lezen wat er staat!'

Tom Poes gehoorzaamde, en las mompelend: 'Bomel is een groote Romeldamer zgt mbeet Fat in Klijne klup. Zun kurert izruisefn qwartghk bajlkbgqxjz.'

'Zie je nu wel?' vroeg juffrouw Doddel. 'Daar op de krant weten ze tenminste hoe belangrijk Ollie is. Een grote Rommeldammer, zeggen ze. Ze begrijpen hem heel wat beter dan jij; dat zeg ik er van.'

'Misschien wel,' gaf Tom Poes toe. 'Maar ik begrijp die krant niet.' Hij liep haastig verder, want hij had geen zin om er nog langer over te praten.

'Het schijnt waar te zijn, dat kranten tegenwoordig door robots in elkaar worden gezet,' dacht hij. 'Knap hoor. Maar zou er niemand zijn, die hun werk nakijkt? Ik zal het toch eens aan Argus vragen, als ik hem zie.'

Zijn weg voerde langs Bommelstein, en daar werd hij de bediende Joost gewaar, die verwezen uit het tuinpoortje leunde. De aandoening van de brave knecht valt te begrijpen, want de weg was op die plek overdekt met de afval, die een beschaafde huishouding pleegt af te scheiden.

'Wat is er gebeurd?' vroeg Tom Poes verbaasd.

'De vuilnisdienst heeft hier zojuist zijn werk gedaan,' verklaarde de bediende met dunne stem. 'Ik heb de heren bezig gezien. Het was zeer betreurenswaardig. Men heeft de zakken leeggeschud en daarna in de wagen geworpen, zodat ik hier nu in mijn eigen vuil sta. Waar gaan we heen, vraag ik me af.'

'Vreemd,' zei Tom Poes. 'Is er dan niemand, die er toezicht op houdt?'

'Niemand,' verzekerde Joost. 'En zodoende gaan we van kwaad tot erger; zelfs de tv biedt geen verpozing meer. En als de kranten nu nog te lezen waren! Ik ben voornemens, er bij heer Ollie op aan te dringen zijn beklag te doen; maar dat zal niet meevallen wegens zijn uithuizigheid, die toeneemt. Ik ben héél benieuwd, wat er van de wereld terecht zal komen.'

'Ik vraag me af of er een verband bestaat tussen de kranten en de vuilnisdienst,' zei Tom Poes, terwijl hij achter Joost aanliep.

'Zeker,' sprak die. 'Men verpakt het één in het ander. Ik voor mij geef gelezen kranten altijd mee. Maar u ziet, hoe men ze dan behandelt.'

'Dat bedoel ik niet,' zei Tom Poes. 'De slechte kwaliteit, bedoel ik.'

De bediende ging daar niet op in. 'En als dat nu alles was,' vervolgde hij, een papier uit zijn jas trekkend. 'Dit heb ik vanmorgen met de post gekregen. Een belastingbiljet, dat u voor de aardigheid toch eens even moet inkijken; als het niet te veel moeite is.'

Hij ontvouwde het document en wees naar de tekst.

'Ik ben aangeslagen voor 295 biljoen florijnen,' hernam hij bijna fluisterend. 'Dat is de druppel, die bij mij de emmer doet overlopen. Zoiets trek ik me erg aan. Ik kan er niet tegen. Weliswaar was heer Olivier zo goed mij aan te bieden om het bedrag zo lang voor te schieten; maar daar kom ik uiteindelijk toch niet verder mee, wanneer ik zo astrant mag zijn. En ik kan nu wel bezwaar aantekenen, maar daar gaan jaren in zitten. U kent dat. Nee, jonge heer; voor mij is de aardigheid er af, en ik weet werkelijk niet waar het naar toe moet.'

Hij beklom gebogen het bordes en Tom Poes liep weer naar de weg.

'Dit is te gek,' dacht hij. 'Zoveel fouten achter elkaar; daar moet verband in zitten!'

Toen hij in de stad kwam, was het daar vreemd stil, en de enige bekende die hij ontmoette was Wammes Waggel.

'Hallo,' riep hij uit. 'Waarom is het hier zo'n saaie boel vandaag?'

'*Ik* ben er toch?' vroeg Wammes. 'Nou dan. En ik heb het reuze druk, hoor. Ik ben het onderhoofd van de krant.'

'Ah!' zei Tom Poes. 'Dat is dus de reden, dat die er zo uit ziet. Weet jij hoe je een krant in elkaar moet zetten?'

'Tuurlijk niet,' zei Waggel. 'Dat hoef ik helemaal niet doen, want hij wordt gedrukt. Makkelijk, hoor, en als ik het niet weet, bel ik meneer Fant – en meneer Fant heeft een kennis op de Klup en die is de baas van de teevee. Nou, en die wou een voorzitter hebben omdat hij zelf wat anders te doen heeft. En nou ben ik zitter voor de teevee. Enig, hoor. Ik heb nog nooit zo'n pret gehad. Doe je mee?'

'Ik eh... ik weet het niet,' zei Tom Poes weifelend. 'Ik wil die tv eerst wel eens zien. Is het daar moeilijk?'

'Helemaal niet,' verklaarde de voorzitter, een pleintje overstekend. 'Maar er werken een paar luitjes, die steeds maar zeggen, dat het wèl moeilijk is, terwijl alles vanzelf op de buis komt als je op een knopje drukt. En de kunstenmakers zijn reuze lollig. Maar die zuurballen zullen nooit es lachen, hè? Niet zo leuk. Die zijn straks af, hoor,'

Zo pratende ging Wammes Waggel het televisiegebouw binnen, en Tom Poes volgde hem. De gangen waren stil en verlaten, maar uit enkele openstaande deuren klonk geschreeuw, en ook vloog er een mapje papieren naar buiten.

'Een spel,' legde de voorzitter uit. 'Ze zijn aan het spelen, hoor je wel? Maar soms maken ze ruzie, en het is even lastig om het verschil te leren. Kijk, hier in kamer vier hebben ze herrie. Dat weet ik as vakman, omdat daar zo'n zure bezig is. De produkteur, je weet wel.'

Op dat moment verscheen er in de aangeduide deuropening een vervallen figuur, die de bezoekers met een koortsige blik opnam.

'Ik kan er niet meer tegen,' klaagde hij. 'Nu zijn de teksten niet alleen slecht, maar ze zijn er helemaal niet. En de spelers, die je me op het dak stuurt, kunnen niet lezen of schrijven. Hoe kan ik zó een boodschap brengen?'

'Hihihi,' lachte de leider. 'Die boodschap wil ik wel voor je brengen, hoor. En anders Tom Poes wel, want die komt toch eerst even kijken voordat hij mee kan doen. Wat jij, Tom Poes?'

'Je denkt zeker, dat je leuk bent,' zei de ander overspannen. 'Alles gaat hier naar de uitwissing, en er is geen hond meer, die er naar kijkt. Jij bent toch de baas tegenwoordig? Waarom doe je er niks aan?'

'Altijd mopperen,' stelde de baas vast. 'Ik vind het niks enigjes, als je dat maar weet. En jij bent straks af, hoor.'

Wammes Waggel liep verder de gang in, maar Tom Poes volgde de tv-maker de zaal binnen.

'Jij komt hier dus kijken, hè?' vroeg deze schamper. 'Nou, er is heel wat te zien, broer. Zoveel nieuw talent hebben we nog nooit gehad. Het is wel nodig, want het oude talent is aan het verdwijnen. Naar een kuuroord of zo. Ik kan ze geen ongelijk geven; sterker nog; ik ga zelf ook verdwijnen. En weet je waarom? Kijk maar, dan zie je het vanzelf.'

Tom Poes keek een beetje verbaasd rond. De ruimte zag er anders uit dan hij verwacht had, want de enige verlichting werd gevormd door een houtvuur, dat de studio met rookwolken vulde. Daarin waren de gedrongen vormen van enkele danseressen en dansers zichtbaar, die zichzelf met eentonig gezang begeleidden.

'Handig,' zei hij. 'Die dampen zijn wel benauwd, maar daardoor hebt u natuurlijk geen decors nodig. Alleen vind ik dat zingen niet erg vrolijk. Het is saai.'

'Dat komt omdat hier geen wadem is,' legde de cameraman verbitterd uit. Hij wees op het ventje, dat voor hem op het toestel stond en besloot: 'Dat zegt mijn opvolger tenminste.'

'G-geen w-wadem,' stamelde de begeleider van Tom Poes met een zenuwlachje. 'Kijk, dat is nu televisie; snap je, broer? Mooi hè?'

Tom Poes wilde zeggen, dat hij het niet zo bijzonder vond, maar de ander schonk geen aandacht meer aan hem.

'Ik kan er niet meer tegen,' riep hij bijna schreiend. 'Allemaal dwergen! Niks dan dwergen om me heen. Ik ben af.'

64 Tom Poes had genoeg gezien. Hij verliet de tv-studio zonder nog meer naar Wammes Waggel te zoeken; en op straat gekomen keek hij aandachtig om zich heen.

'Het is waar, wat die droevige figuur zei,' sprak hij verrast tot zichzelf. 'Het zijn werkelijk allemaal dwergen. De stad loopt er vol mee. Waar zouden die vandaan komen?'

Hij wilde dat niet aan een voorbijganger vragen, omdat hij bang was dat die het een onaardige vraag zou vinden en daarom was hij blij toen hij de heer Dorknoper al lezend zag naderen.

De hooggeplaatste ambtenaar schrok toen hij onverwacht staande werd gehouden, maar op het horen van de vraag vermande hij zich.

'Dwergen; inderdaad,' gaf hij toe. 'Ik moet met ze werken, aangezien er geen eigenlijke gemeenteambtenaren meer ten burele verschijnen. Hoe dat gaan moet, weet ik werkelijk niet, met het oog op in te houden salariëring en de daaraan verbonden administratie en gerechtelijke procedures. Intussen moet ik met dwergen het overheidsapparaat gaande houden. Kunnen niet lezen of schrijven – en over rekenen spreek ik niet eens. Alles loopt in het honderd. Ach wat. In het biljoen. En ik draag de verantwoording. Maar ik heb niet langer de tijd om iets te controleren. Het hoofd loopt me om. Goede dag.'

'Geen wonder, dat er veel verkeerd gaat,' dacht Tom Poes toen hij verder liep. 'Dwergen hebben natuurlijk moeite met lezen en schrijven, want ze denken heel anders. Het lijkt me slecht voor het werk en de zaken – maar ook voor de dwergen zelf. Wat zouden ze hier in de stad zoeken?'

Terwijl hij zich dat afvroeg passeerde hij de kliniek van doctorandus Zielknijper, die net een cliënt uitliet. En omdat hij meende, dat zo'n geleerde het wel zou kunnen weten, liep hij naar hem toe.

'Hebt u veel van dat soort patiënten?' vroeg hij.

'Dat soort?' herhaalde de zielkundige verrast. 'Ach, je bedoelt die kortgestuikte personen, die we de laatste dagen zo veel tegenkomen. Ja, ja, ze bepalen het stadsbeeld met hun eigentijdse kleding. Maar laat ik je zeggen, dat ze het niet gemakkelijk hebben, vent. Want al die lieden hebben een gebrek aan formaat; en dat wreekt zich natuurlijk. Het veroorzaakt trauma's en onlustgevoelens; daardoor heb ik meer cliënten dan ik aankan. Zo klagen al deze neutels over een gebrek aan wadem, waardoor ze zich gedrukt voelen. Veelzeggend, wat? Je begrijpt, dat het alleen maar een Tramontane-fobie is.'

'Hm,' mompelde Tom Poes. 'Ja, ja. Waar komen ze eigenlijk vandaan?'

'Uit de bergen, geloof ik,' zei de geleerde. 'Hun bleke kleur wijst op een grotachtig bestaan. Verder kan ik je geen gegevens over mijn patiënten geven, dat begrijp je.'

Zielknijper had gelijk; de dwergen voelden zich erg ongelukkig buiten de Tranemont-spelonk, waar ze eens zo'n prettig leven hadden geleid. Nu was de grot echter duister en verlaten op magister Hocus Pas na. Lang had deze gezocht naar het gat waardoor de kostelijke wademgassen ontsnapten; en eindelijk had hij het nu in de zoldering gevonden. Gewapend met een puntig stuk rots beklom hij een stalagmiet, om te trachten de steen in de opening in drukken. Het was een moeilijk werkje, want omdat het gat nogal opzij zat, moest hij gevaarlijk voorover leunen om kracht te kunnen zetten.

'Mijn stof is sterk,' prevelde hij al duwend. 'Het beetje wadem, dat er over bleef, heeft me goed gedaan. Ach, hoe sterk zou ik geweest zijn, wanneer ik alles gehad had. Nu heb ik heel wat tijd verloren. Maar ik ga het inhalen. Als die prop eenmaal zit, kan ik weer snuiven... en snuiven...'

Zo mompelend perste hij met alle kracht tegen de steenklomp, want het kwam hem voor, dat er nog wat speling in de afsluiting zat.

'Het valt voor een oude man niet mee om boven zijn macht te tillen,' hijgde hij ten slotte. 'Dat lukt alleen als hij met wadem gevuld is. En dat ben ik nog niet. Maar zo blijft het wel zitten, en nu kan ik...'

Hij liet de rots los, maar voordat hij zich terug had kunnen trekken, viel het stuk steen weer uit de opening en trof hem vol op de schedel, zodat hij met een akelig gekras naar beneden stortte.

De grond waarop hij terecht kwam was hard, zodat de grijsaard lange tijd verwezen naast de reuzenzwam lag voordat zijn bezinning terugkeerde. En al die tijd wolkte de wadem omhoog; naar het gat in de zoldering.

Intussen groeide de belangstelling voor heer Bommels kuuroord nog steeds. De eens zo stille heuvels werden verlevendigd door automobielen, en om het koepeltje verdrong zich een opgewekte menigte.

Tegen het vallen van de avond werd het er iets rustiger, want in dit prille jaargetijde was de wind nog fris, terwijl het bouwwerkje te luchtig was om beschutting te bieden. Zo kon men bijvoorbeeld om vijf uur de commissaris van politie en professor Prlwytzkofsky in een uitstekende stemming het terrein zien verlaten.

'Wij gaan naar Wow,/ wij gaan naar Wowst/ Wij gaan naar Wowstk,' zong de laatste, en de politiechef zong het hem na. Maar toen het lied uit was, zette de geleerde zijn pet recht.

'En toch,' sprak hij, 'moet men voor der stofverwisseling zorgen. Ik weet het; de heilvolle koergassen benemen der etelust. Daarom moet men voorzicht zijn en zich vullen met ener worstenburger of duchtiger zuurkruit. Dat weet ik als wetenschapper,'

'Ja, ja,' gaf de heer Bas toe. 'Mijn vrouw gelooft niet in geneeskrachtige gassen, maar ze heeft er een hekel aan als het eten koud wordt. En ik kom in mijn beroep zó vaak te laat thuis, dat ik dit kuuroord hard nodig had.'

'Een worstenburger,' hernam de hoogleraar peinzend. 'Ik herinner mij, dat ik voor de verbranding des laboratoriums nog ener in der vuurkast gesloten had; als twaalf-uurlein. Die ga ik mij thans verspijzen.'

'Ik voor mij ga eerst even naar het bureau,' verklaarde de commissaris. 'Snuf zit er alleen voor, en hij heeft het moeilijk. Al die nieuwe agenten zijn zo klein van stuk en zo slordig in hun aanpak. Mijn vak is een zorg, hoor. Als ik het koeroord niet had, zou ik het niet volhouden.'

'De badesgassen zijn gans heilzaam,' stemde de geleerde in. Maar verder kwam hij niet omdat hij struikelde over een lange tak, die hem onverwacht tussen de voeten geschoven werd.

Hij maakte een lelijke buiteling en kwam met zo'n dreun op het pad terecht, dat de politiechef verrast omkeek.

'Hopsakee!' riep deze uit. 'Pas toch op, manneke. Dat komt er nu van wanneer men te veel dampbaden snuift. Je moet je maat weten. Daarom ga ik gauw verder. Tot kijk, hoor.'

Hij verhaastte zijn pas, en dat was een hele opluchting voor Tom Poes.

'Hij heeft me niet gezien,' zei die bij zichzelf. 'Dat zal wel van de bodemgassen komen. Maar het is wel prettig, want nu kan ik tenminste eens proberen met de prof te praten.'

Hij wierp de tak weg en liep op de gevallen geleerde toe.

'Ik hoop, dat u zich geen pijn hebt gedaan,' zei hij. 'De grond is hier nogal zacht. En ik hoopte eigenlijk, dat u door de schok weer een beetje wakker zou worden.'

'W-wakker w-wor-worden?' herhaalde professor Prlwytzkofsky vaag. 'W-welker uur heeft dan geslagen?'

Met moeite richtte hij zich op en staarde draaierig in de late middag.

'W-wat is dan loos?' vroeg hij.

'Alles,' zei Tom Poes streng. 'Het lijkt nergens op. U hebt uw werk in de steek gelaten; en u maakt liever lol dan aan de wetenschap te denken.'

De laatste woorden schenen indruk te maken, hoewel het natuurlijk ook mogelijk is, dat de buiteling ingeslapen eigenschappen had gewekt. In ieder geval hief de hoogleraar met een schok het hoofd op en keek Tom Poes met bleke ogen aan.

'Der wetenschap,' mompelde hij geschrokken. 'Praw! Welker wetenietsplappert hier van der wetenschap? Waar moeit u zich mee? Wat meent u eigenlijk?'

'Ik zou wel eens willen weten wat er van uw ader is terecht gekomen,' zei Tom Poes. 'U weet wel, de stroom, die u hier ontdekt had, voordat heer Ollie de boortoren aan het draaien bracht. En ik ben ook benieuwd, of u het gas al onderzocht hebt, dat in dit kuuroord uit de grond komt.'

'Der gas is onderzocht geworden,' prevelde de geleerde. 'Ik heb mijzelvers ja ingezet als verzoekskaniensjen!'

Zijn stem klonk echter zwak, en er voeren vreemde trekkingen over zijn vale wangen.

Met enige moeite ging hij overeind zitten en barstte in schreien uit..

'Psjaw,' riep hij met gebroken stem. 'Door de gas te proeven vergat ik mijner ader! Wat heb ik dan gemaakt? Ach, ik armer krobsky! Wat moet dan van mij worden?'

'Dat moet u zelf weten,' zei Tom Poes. 'Maar het lijkt me tijd om weer eens aan het werk te gaan.'

'Bestemd,' gaf de hoogleraar gebroken toe. Hij stond op, en nadat hij zich enigszins hersteld had, vervolgde hij nasnikkend: 'Het geeft ener zwarigheid... Der Pieps! Der onderhoudt zich in der Bomlkoeroord... en alleen kan ik niet arbeiden met de acetaten die ik uit de ader gezameld had – en die heden wellicht verbrand geworden zijn. Dat is alles wat van mijner ader overig was.'

'Ik zal u komen helpen,' beloofde Tom Poes. 'We kunnen in de ruïne zoeken en misschien hebben we een beetje geluk. Maar eerst ga ik kijken waar heer Bommel is. Die hangt daar ook maar rond en dat kan niet goed voor hem zijn.'

Dat was echter niet geheel juist. Heer Ollie's maag begon te knorren en omdat hij daar nu eenmaal slecht tegen kan, liet hij het kuuroord in de steek om zich naar huis te begeven. Hij was echter nog niet ver gekomen, toen hij werd ingehaald door een vrachtauto, die met een boortoren beladen was.

De wagen remde naast heer Bommel en de bestuurder boog zich naar buiten.

'Ik moet dit geval in deze buurt afleveren,' deelde hij mee. 'Maar het is hier nogal een kale boel. Weet u misschien waar ik zou moeten wezen?'

'Dat is nu toevallig,' zei heer Ollie glimlachend. 'U bent aan het goede adres. Ik weet alles van die boortoren af, omdat de vorige uit elkaar viel toen ik er even aan draaide, zodat ik een nieuwe moest bestellen. Het is eigenlijk een Bommelboor, die ik persoonlijk in werking moet brengen, als u begrijpt wat ik bedoel. Wanneer u nu even keert, zal ik achterop gaan zitten om de weg te wijzen. Gewoon maar rechtdoor, totdat ik "ho" roep, bedoel ik.'

Dat was een duidelijke afspraak, en even later zette het voertuig koers in de richting van het kuuroord, dat boven de avondnevels zichtbaar was.

Tom Poes had intussen heer Ollie daar niet aangetroffen, en daarom was hij nu op weg naar Bommelstein. Het verbaasde hem een beetje toen hij op dat ongewone uur Joost tegen kwam.

'Ach ja,' sprak de bediende verontschuldigend, 'de laatste tijd staat de muts me niet zozeer naar koken, als ik zo vrij mag zijn. Heer Olivier heeft zijn eetlust verloren, en nu is hij niet eens thuis gekomen. Ik hoorde dat hij meestal kan worden aangetroffen in een soort kuurhuis, waar men zich vertreden kan. En omdat er toevallig iemand langs kwam die zich als hulp in de huishouding aanbood, heb ik die aangenomen op een tijdelijke basis. Ik wil dat kuurhuis ook wel eens bezoeken, wanneer men mij toestaat.'

'Ik zou daar niet naar toe gaan,' zei Tom Poes, terwijl hij een eindje met Joost meeliep. 'Volgens mij is het er gevaarlijk.'

'Dat is mogelijk,' gaf Joost toe. 'Ik heb daar in de buurt voortdurend ordeloos gezang en vrolijkheid waargenomen. Maar dat is te begrijpen in deze tijden, die een eenvoudig persoon zuur op de maagwand slaan, zodat de schik hem vergaat. Zegt u nu zelf, jonge heer; u hebt mijn aanslagbiljet gezien. En het helpt niet of ik klaag; ik heb geprobeerd er over op te bellen, maar de telefoon wordt niet eens aangenomen!'

'Dat komt omdat er dwergen werken,' zei Tom Poes.

'Het zou me niets verbazen,' hernam de knecht bitter. 'Maar als ik mij niet ga ontspannen, loopt het verkeerd met mij af. Vandaar dat ik die tijdelijke hulp heb aangenomen, zodat heer Olivier verzorgd wordt als hij soms trek mocht krijgen.'

Inderdaad begon heer Bommels eetlust sterker te worden, en omdat de vrachtwagen de top van de heuvel bereikt had, tikte hij op het venster en sprong er af toen het voertuig remde.

'Zet de boortoren hier maar neer,' riep hij. 'Dit is een mooi plekje; niet te ver van mijn dampbaden. En als u hem dan even startklaar wilt maken, ga ik intussen naar huis; met het oog op de maaltijd. Ik kan Joost niet laten wachten, dat zou hij niet leuk vinden.'

Het was nog een heel eind lopen om thuis te komen, maar heer Ollie was door de heilzame gassen zo gesterkt, dat hij opgewekt de hal betrad.

'Lichaamsbeweging,' sprak hij tot zichzelf. 'Daarvan blijf ik slank en houd ik een jong figuur. Maar nu heb ik wel trek; en tenslotte moet ik ook aan mijn spieren denken, zodat ik benieuwd ben wat Joost heeft gekokstoofd.'

Hij liep de gang in, die naar de keuken leidde, maar halverwege werd hij getroffen door naderdrijvende etensgeuren en hij bleef verrast staan.

'Eigenaardig,' mompelde hij, aandachtig snuivend. 'Joost heeft daar een héél vreemd gerecht bereid... Die walm... snuf... doet me ergens aan denken... snuf, snuf... De geur herinnert me ergens aan. Aan wat? Iets uit mijn jeugd, denk ik...'

Hij ging de hoek om, en op hetzelfde moment werd de keukendeur geopend door een gedrongen gestalte, die een grote schaal paddestoelen voor zich uit droeg.

'Eten klaar,' sprak deze met doffe stem. 'Lekker bruin. Goed voor trane.'

'W-wat betekent d-dat?' stamelde heer Ollie, terwijl hij grote ogen opzette. 'Waar is Joost? En waar kom jij vandaan?'

'Van vuur,' zei het ventje, terwijl het ijverig verder liep. 'Lekker bruin bakken.'

'Maar dat is aangebrand,' klaagde heer Bommel. 'En ik wil weten waar Joost is.'

De onbekende kok gaf geen antwoord, maar droeg zijn schotel met grote rapheid naar de eetkamer en zette hem daar op de tafel. Heer Ollie ging er achter zitten en omdat hij honger had, nam hij voorzichtig een hapje van het slecht geurende voedsel.

'Aangebrand; net wat ik zei,' mopperde hij. 'En waar is Joost? Wie ben jij, bedoel ik?'

'Naam is Wee,' zei het mannetje. 'Joos moest weg. Is hier niet goed voor hem. Is nergens goed; zelfs in de Tranemontgrot niet. Is geen wadem.'

Heer Ollie legde zijn vork neer, en door levendige herinneringen getroffen, drukte hij een wijsvinger tegen het voorhoofd.

'Nu weet ik het weer!' riep hij uit. 'De grot met de vrolijke familie! Wat nu toch jammer, dat het daar niet goed meer is. Ik voor mij ben er erg opgeknapt, en dat zal ik nooit vergeten. Maar het eten smaakt mij niet helemaal, heer Wee. En omdat ik toch honger heb terwijl Joost niet thuis is, ga ik nog maar een beetje uit, zodat u die paddestoelen op kunt eten.'

Na deze woorden verliet hij het pand en liep door de avondschemering in de richting van een verlicht huisje.

'Het is maar goed, dat ik opgewekt van natuur ben,' dacht hij. 'Want Joost is toch wel vrijpostig om op eigen houtje een kok met zo'n slechte naam aan te nemen en dan de deur uit te lopen zonder vragen. Maar misschien heeft mevrouw Doddel nog wel iets over... Doddeltje, bedoel ik.'

Hij klopte aan, en toen hij het huisje van zijn buurvrouw binnenstapte, stond ze bij haar kachel enigszins bedrukt in een pan te roeren.

'Dat ruikt heerlijk, mevrouw,' sprak hij met een aangename glimlach. 'Ik hoop, dat ik niet ongelegen kom. Maar thuis krijg ik niets goeds te eten, en toen dacht ik: laat ik eens kijken of eh... Nu ja, u begrijpt wel wat ik bedoel...'

Zijn gepraat eindigde in gemompel want het gezicht van juffrouw Doddel klaarde niet zo op als hij verwacht had.

'Je mag hier best komen,' zei ze. 'Maar je moet niet denken, dat je iets lekkers krijgt. Soep uit een blikje, en bevroren tuinbonen. Er is niets goeds meer te krijgen en meneer Grootgrut heeft me suiker in plaats van zout gegeven omdat hij er zelf niet was. Ik heb trouwens een hele enge dooie spin in mijn melkfles gevonden...'

Heer Ollie voelde zijn moed zakken.

'Het is wel erg,' prevelde hij. 'Ik bedoel; een ander keertje dan maar. Als ik niet stoor.'

'Je stoort helemaal niet,' riep zijn buurvrouw, en tot zijn grote schrik barstte ze in tranen uit.

'Maar het wordt me allemaal te veel,' snikte ze achter haar schort. 'Het komt allemaal door dat pieregewaai bij die rooie kuurgassen. Daar gaan ze liever naar toe dan eerlijk te werken. En soms ben ik zo bang, dat jij daar ook heen gaat, Ollie.'

Heer Bommel mompelde iets, en ging aan de tafel zitten. Maar Doddels eenvoudige hapje versterkte hem niet en haar geklaag bedrukte hem.

'Slecht voor mijn gevoelsleven,' mompelde hij, nadat hij vroegtijdig afscheid had genomen. 'Ik begrijp niet wat er op tegen is, dat ik naar mijn eigen koeroord ga. Het heeft me van rare kwalen afgeholpen, zodat het heel goed voor me was, terwijl het me nu droef te moede is. Ik zal een wandeling in de frisse lucht maken voor het slapen gaan.'

Met deze gedachte liep hij de hei in, en na een poosje passeerde hij de resten van het stadslaboratorium, die geblakerd in het maanlicht lagen. Er stegen bonkende en schurende geluiden uit op en ook was er een bewogen keelstem hoorbaar, die de nieuwsgierigheid van de wandelende heer wekte. Hij richtte zijn schreden naar de bouwval en gluurde voorzichtig naar binnen.

'Niets is ja overig,' riep professor Prlwytzkofski, die daar met de handen voor het gelaat op het puin zat. 'Gans mijne arbeid is henen; mijne papieren en mijne gasproevingen.'

'Hier is een fles waar nog iets in zit,' zei Tom Poes. Maar de geleerde liet zich niet zo makkelijk troosten.

'Praw,' hernam hij misprijzend. 'Dat is een weinig van mijner Zarynx-proeve, dat thans wel vervuilerd wezen zal. Ach, wat is dan in mij gevaren, dat ik als een narrenpeter door het leven gehopst heb, terwijl de wichtige zaken om mij heen verkrompelen?'

'Als u nu tòch eens het restje in deze fles onderzoekt,' herhaalde Tom Poes, 'misschien...'

'Als een worstenhans heb ik der wetenschap misgehandeld,' voer de professor voort. 'Hoe kan ik der fles betrouwen? Alles is hier ja versjlonsjt!'

'Kom, kom,' sprak de opgewekte stem van heer Bommel in de deuropening. 'Zo erg is het niet. Ik heb er voor gezorgd, dat er een andere boortoren is opgericht, zodat u heel makkelijk een nieuw staaltje Zanik uit uw ader kunt boren. Het is maar goed, dat een heer zijn hoofd niet zo gemakkelijk verliest, zegt u nu zelf.'

De geleerde keek verrast op en haastte zich naar de spreker.

'Een nieuwer boorinstelling?' riep hij uit. 'Dat is grootaardig! Maar wij weten ja niet waar der Zarynx-ader hedendaags loopt. Waar hebt u hem dan neder geplaatst?'

'O, op een heel mooi plekje,' zei heer Bommel geruststellend. 'Er is daar een prachtig uitzicht, zodat ik dacht: hier moet het zijn. Dat soort dingen kunt u aan mij overlaten, wat jij, Tom Poes?'

'Praw,' mompelde de hoogleraar. 'Wie kommert zich over der uitzicht? Op der onderzicht komt het aan als men ener ader zoekt. Ik ga mij dat aanschouwen.'

Hij drukte zich de hoed in de ogen en verliet de bouwval met grote passen.

'Ik dacht, dat hij blijer zou zijn,' zei heer Bommel een beetje teleurgesteld.

'Misschien staat uw boortoren toevallig op de goeie plek,' troostte Tom Poes, terwijl zij de geleerde volgden. 'Ik ben wèl blij, hoor. De prof interesseert zich tenminste weer voor zijn vak.'

Toen heer Ollie ten slotte de plek aanwees waar de boortoren stond, werd professor Prlwytzkofsky echter niet vrolijker.

'Waarom staat der instelling dan daar?' riep hij uit. 'Der plats is gans onwetenschappelijk! Der loop des Zarynx-aders moet eerst nauwgevallig opgezocht worden; anders heeft der boren geen nuts. Neen, dat zal wachten moeten. Maar nu ik toch hierheen gekomen ben, zal ik ener monstr der koergassen nemen; die zijn ja óók onbekend en dan is dezer tocht niet gans vergevens geweest.'

Met deze woorden begaf hij zich naar het koepeltje, waar de heilzame dampen uit de grond stegen. Het was daar nog een drukte van belang, want tot diep in de nacht kwamen overwerkte Rommeldammers er ontspanning zoeken.

De bediende Joost had geluk gehad, want omdat hij vroeg van huis was gegaan, had hij zich een zitplaats kunnen veroveren naast de bardame van hotel De Gebraden Haan.

Eerst was hij een weinig bevangen, maar nadat hij een poosje van de dampen genoten had, vermande hij zich.

'Excuseer,' sprak hij, de hoed lichtend. 'Ik meen u te kennen, met uw welnemen. Ik ben Joost, de chef de cuisine van château Bommelstein. Het is hier opwekkend, nietwaar?'

'Reuze,' gaf de dame toe. 'Heb je een vrije avond?'

'Dat niet zozeer,' hernam de knecht; maar voordat hij verder had kunnen gaan, werd hij ruw opzij gestoten.

'Ontschuldig,' sprak professor Prlwytzkofsky, zich een weg over de bank banend. 'Ik moet mij ener monstr zamelen.'

'Dit is zeer betreurenswaardig!' riep de bediende verontwaardigd, en om hem heen steeg ook ontstemd geroep van andere bezoekers op.

De geleerde schonk daar echter geen aandacht aan, want hij was nu weer geheel in wetenschappelijke gedachten verdiept.

'Der tassenpomp,' prevelde hij, in zijn binnenzak woelend. 'Niet zeer groot, maar ik moet mij bekwamen.'

Hij bracht een glazen buisje te voorschijn, dat door een kurk was afgesloten en bekeek het keurend.

'Een kleiner gasmonstr zal genoegend moeten zijn,' besloot hij terwijl hij aan het werk toog.

Diep onder de aarde was magister Pas op dit late uur ook weer aan het werk gegaan. Het had hem moeite gekost om bij te komen van zijn lelijke val en hij had besloten liever zwarte kunsten dan lichaamskracht te gebruiken. Daarom had hij zoveel mogelijk dampen opgesnoven, en nu was hij doende een rotsblok op te laten stijgen door middel van telekinese. Zoals geschoolde lezertjes weten, is dat niet gemakkelijk, en hij was dan ook aan het einde van zijn krachten, toen de steen de zoldering bereikte en het gat met een doffe klap afsloot.

80 Nu konden de dampen van de wademzwalm niet langer ontsnappen, zodat ze in de grot bleven hangen.

De vermoeide grijsaard keek er met welgevallen naar en kruiste de armen. 'Het is gelukt,' hijgde hij. 'Met het kleine beetje wadem, dat ik had, is het gelukt. En nu krijg ik véél! Alles is nu voor mij. Alles.'

Intussen had professor Prlwytzkofsky in het kuuroord zijn glazen pompje ontkurkt en de zuiger voorzichtig omhoog getrokken. Zodoende werden de gassen naar binnen gezogen, tot groot ongenoegen van de omstanders.

'Ik ben reeds vaardig, mijne heerschappen,' sprak de geleerde geruststellend. 'Ik benodig maar een kleines beetsje...'

Hij zweeg, want tot zijn verbazing kwam er plotseling een einde aan het opwolken van de nevels uit de grond.

'Praw!' riep hij uit. 'Hoe is dat dan mogelijk?'

'Waar zijn de badwolken?' riep een toeschouwer, en een ander snauwde: 'Hij heeft alles er uit gezogen!'

Nu maakte de prettige stemming van de badgasten plaats voor wrevel.

'Zeker iemand van de belastingen!' riep er een, en een ander meende, dat hij een handlanger van de oliemaatschappij voor zich had. De menigte begon op te dringen en al spoedig begreep de geleerde, dat hij zich in moeilijkheden bevond.

'Ik oefen ja der wetenschap,' riep hij uit; maar dat hielp hem niet.

'Wetenschap!' hoonden de omstanders. 'Er is geen kuurgas meer! Dat noemt hij wetenschap! Alles kapot maken; dàt is wetenschap!'

'Neen, neen! Hoor toch toe!' kreet de geleerde, terwijl hij de kurk op zijn pompje duwde. 'Mijne gassen-kolverpomper is slechts half vol. Hier is ener fenomeen...'

Hij werd echter van alle kanten aangevallen en op ruwe wijze uit de kring der kuurgasten verwijderd.

Heer Bommel en Tom Poes, die op een afstand hadden toegekeken, zagen de hoogleraar op zich afkomen, en heer Ollie stak bekommerd een hand uit.

'Ik wist wel, dat het niet goed zou aflopen,' sprak hij. 'Dat komt er nu van. In plaats dat hij blij was met de nieuwe boortoren, moest hij daar de pret gaan bederven.'

'Hm,' zei Tom Poes. 'Pret? Wie weet wat dat voor gassen zijn?'

Op dat moment kwam de wetenschapsman aan hun voeten tot rust, en heer Bommel boog zich bezorgd over hem heen.

'Wat is er gebeurd?' vroeg hij. 'Weet u al wat dat voor gassen zijn, bedoel ik?'

'Het g-geeft gene g-gassen meer,' stamelde de geleerde uit zijn baard. Toen werd het hem te veel, en hij sloot met een vermoeide zucht de ogen.

Het duurde een poosje voordat hij een zittende houding aan kon nemen, en toen was het eerste wat hij deed onderzoeken of de kurk nog op de pomp zat.

'Het isj ja ener schaam,' prevelde hij. 'Gene aanerkenning voor der wetenschap.'

'Maar wat is er gebeurd?' hield heer Bommel aan. 'Alles is toch altijd prettig in mijn kuuroord?'

'Niet meer,' zei de geleerde treurig. 'De gassen zijn versjwonden. Nadat ik een gans kleines monstr genomen had. Maar ik heb genoeg om ener onderzoeking te maken.'

'O,' hernam heer Ollie. 'En wanneer zal ik de boortoren nu in werking stellen?'

'Ach, der boorinstelling,' herhaalde de professor. 'Dat maken wij eerst wanneer der nauwe plaats des Zarynx-aders zorgvol vastgesteld geworden is. Zoals hij thans staat is hij wellicht waardeloos. En eerst ga ik mijne gassen onderzoeken. Der goede nacht.'

Hij daalde met grote passen de heuvel af en heer Bommel keek hem onthutst na.

'Dat is nu de dank voor mijn instelling en mijn wetenschappelijk werk,' merkte hij bitter op.

'Hm,' zei Tom Poes. 'Ik denk, dat hij gelijk heeft. En het is maar goed, dat daar geen gas meer uit de grond komt. Het is heel wat beter voor de stad, dat iedereen nu bezig is naar huis te gaan.'

'Hoe kan je zoiets zeggen!' riep heer Ollie, terwijl hij de weg naar Bommelstein insloeg. 'Het kuuroord was een zegen voor alle stakkerds met gezondheidsomstandigheden. Kijk naar mij, bedoel ik! Het moet weer gemaakt worden, zeg nu zelf!'

'Liever niet,' zei Tom Poes. 'In de stad is er bijna niets meer, dat normaal werkt. Alles wordt door dwergen gedaan. Zouden die iets met dat gas te maken hebben?'

Op dat moment werden ze staande gehouden door een gedrongen figuurtje, dat in het maanlicht genaderd was.

'Heb gehoord, dat hier ergens wadem uit grond komt,' sprak het.

'Waar?'

'Het was daar, in dat mooie tempeltje,' zei heer Bommel achter zich wijzend. 'Maar nu komt er niets meer uit, zodat ik bang ben dat het op is. Jammer voor mijn gezondheid, hoor. Maar ja, aan mij wordt niet gedacht...'

Het mannetje liep zonder antwoorden door, en Tom Poes keek hem peinzend na.

'Alweer een dwerg,' mompelde hij. 'Ik vraag me af of de vrolijke familie, die u in die grot ontmoet hebt, ook uit dwergen bestond.'

'Ze waren nogal klein,' gaf heer Bommel toe. 'Maar de een is nu eenmaal wat groter dan de andere, en dat is nog geen reden om te gaan schelden.'

'Ik scheld niet,' zei Tom Poes verontwaardigd. 'Maar ik geloof, dat het belangrijk is om naar die grot te gaan. Ik wil wedden, dat daar het geheim is om alles weer normaal te maken.'

Daar voelde heer Ollie echter niets voor.

'Ga jij dan maar alleen,' zei hij. 'Je mag morgen de Oude Schicht wel lenen. Ik ga liever mijn Bommelboor in werking stellen, want ik voel niets voor normaal maken, zo lang men het over dagjes ouder heeft.'

Tom Poes maakte gebruik van heer Bommels aanbod. Nadat hij de volgende morgen een onduidelijke beschrijving had gekregen van de weg die naar de grot leidde, stuurde hij de Oude Schicht in de richting van de bergen.

'Daar komen die dwergen dus vandaan,' dacht hij. 'In die grot daar is iets gebeurd waardoor hun orde verstoord is, en ik heb het idee, dat heer Ollie's kuurgassen daar mee te maken hebben.'

Heer Bommel keek de wagen peinzend na, en begaf zich toen hoofdschuddend naar zijn boortoren.

'Die jonge vriend,' sprak hij tot zichzelf. 'Altijd bezig om dingen weer normaal te krijgen; zelfs ten koste van andermans gezondheid. Maar gelukkig staat hier een hoogstaande toren klaar om wetenschappelijk werk te gaan verrichten. En als niemand dat doet, dan is het mijn plicht om in te grijpen, nu ik door de kuur weer helemaal de oude ben. De jonge, bedoel ik.'

Hij hield halt bij de voet van het gevaarte, dat de vorige dag vakkundig opgezet was, en keek aandachtig naar de startknop.

'Juist,' mompelde hij. 'Net als de vorige. Die herinner ik mij nog heel goed. Als de dag van gisteren mag ik wel zeggen. Door mijn zwakke gezondheid heb ik me toen een beetje vergist, zodat ik te veel gas heb gegeven. Maar nu ik door mijn heilzame gassen weer een dagje jonger ben, kan ik dit werkje zonder moeite doen. Alleen maar even goed nadenken over het nummer; dat is alles.'

Professor Prlwytzkofsky was in de overblijfselen van zijn laboratorium doende, het vreemde gas te onderzoeken. Dat viel natuurlijk niet mee in al dat puin; maar hij had zich vast voorgenomen om de lichtzinnig verbeuzelde tijd in te halen. Hij verdichtte het gas dan ook, en onderwierp het aan alle proeven die hij nemen kon. Maar jammer genoeg werd hij er niet veel wijzer van.

'Een groter erger,' mompelde hij achter zijn verkoolde werkbank. 'Dezer damp heeft een opwekkender werking, met schaamvolle bijverschijnselen, dat heb ik zelvers ervonden. Maar de tezamenstelling kan ik niet daarstellen in dezer misjmasj.'

Peinzend blikte hij over de bouwval, die berookt in de morgenstond lag, en toen nam hij een besluit. Met vaste hand greep hij de kolf, die Tom Poes gevonden had, en zeefde de inhoud in een fles.

'Ongeacht der zwarigheden gaan wij ons aanschouwen, hoe der gas zich verdraagt met de acetaten mijner Zarynx-ader,' sprak hij vastbesloten, terwijl hij het reageerbuisje met de onbekende inhoud ophief. 'Want Bomls boortoren kan eerst in werking gesteld worden wanneer wij gans zekerlijk weten, dat er gene gevaren zijn.'

Met deze gedachte ledigde hij het buisje in de fles en daarop volgde een daverende ontploffing.

Toen de wolken optrokken, kon men de onderzoekende geleerde gehavend achter zijn versplinterde werkbank zien zitten. Zijn bril was in de lucht gevlogen; maar zijn gedachten waren scherp en goed geformuleerd als immer.

'Praw,' prevelde hij. 'Ik heb onwedersprekelijk vastgesteld dat de stoffen elkander niet verdragen. Hier is der einde des Bomlboor proevings.'

Toen werd hij echter getroffen door een invallende gedachte, en met een sprong maakte hij zich uit zijn meubel los.

'Praw, der Boml!' riep hij uit. 'Daar valt mij der Boml in! Der ongelukkige sprak mij van niets anders als der Bomlboor. En als dezer onbekwamer boren gaat... En als der inzetting toevalligerwijze doch boven mijner Zarynx-ader staat...'

Gegrepen door boze voorgevoelens snelde de hoogleraar terug naar de heuvels, en ja hoor. Bij de opgerichte boortoren kon hij reeds van verre heer Ollie waarnemen, die met gevoelige vingers de startknop van het apparaat betastte. Hij had lang geaarzeld, maar ten slotte had hij besloten om de knop voor alle zekerheid op twee te zetten in plaats van op drie.

'Wat niet weet, wat niet deert,' dacht hij.

'Halt!' schreeuwde professor Prlwytzkofsky in paniek. 'Laat der boor in rust!'

Met grote sprongen draafde hij de heuvel af, maar vanachter het struweel kwamen plotseling twee wandelaars te voorschijn, die hem de weg versperden.

'Hebben gehoord, dat hier wadem uit de grond komt,' sprak de dwerg, die voorop liep. 'Waar?'

'Gener wadem,' riep de geleerde hijgend. 'Ener mogelijke boems, die ik hinderen moet. Maakt u zich voort naar der koerord daar en laat mij passeren.'

De kuurgasten begaven zich onthutst in de aangeduide richting en de professor vervolgde driftig zijn weg. Het oponthoud was echter net te veel geweest. Heer Ollie had de knop omgedraaid en luisterde naar het aanzwellende gebrom, dat uit de contraptie opsteeg.

'Een aardig gezicht,' sprak hij tevreden tot zichzelf. 'Al dat staal begint te trillen door de eenvoudige ingreep van een heer met onderscheidingsvermogen. Nooit te hard van stapel lopen, want dat kan gevaarlijk zijn, zeg ik altijd maar. Ik bedoel... het is net alsof ik iets hoor...'

Daar had hij gelijk in, want achter hem klonk een raspende stem.

'Sjwitsjt der boor af!' riep die. 'Het geeft gevaar.'

Maar door het brommen van de boor was de waarschuwing slecht verstaanbaar, zodat hij er zich niets van aantrok.

88 Tom Poes had intussen de kronkelweg door de bergen gevolgd en omdat hij goed uitkeek, vond hij de grot; ondanks heer Bommels beschrijving. Aarzelend liep hij een eindje naar binnen, maar het was er koud en donker, en er heerste een doodse stilte. Hij wilde dan ook al weer teruggaan om de lamp uit de Schicht te halen, toen hij een lichtschijnsel aan het einde van een gang zag. Het bleek van een vuurtje te komen waarachter een bejaarde dwerg zat.

'Gelukkig,' zei hij. 'Er is toch nog iemand hier.'

'Ja,' zei de oude zonder op te kijken. 'Ik is iemand. Wademvolk is weggegaan, en ik is gebleven. Lopen maakt moe.'

Hij zweeg even en mompelde toen somber: 'Zijn nog meer iemanden. Achter stenen is zwarte; bij wademzwalm.'

Hij doelde natuurlijk op Hocus Pas, die in zijn afgesloten ruimte bezig was diep adem te halen. Doordat het gat in de zoldering was gedicht hing er nu zo veel damp om hem heen, dat hij zich zonder moeite met wadem kon vullen. De gevolgen bleven niet uit, want na een poosje verwisselde hij zijn bontjas voor een vliegmantel en een brokkelige glimlach vertekende zijn trekken.

'Bij Zazel,' sprak hij, terwijl hij zich veerkrachtig oprichtte. 'De tijd is gekomen. Nog één teug, en dan...'

Hij zoog zich zó vol, dat de knopen van zijn vest vlogen en greep toen zijn rugzak.

'Die moet ik niet vergeten,' kraste hij achter de adem. 'Nu kan ik alles wat er in zit ontplooien en de wereld tot een zwart lustoord maken. Hèhèhè!'

Er was niemand, die wist welk gevaar de aarde bedreigde en het leven ging er zijn gewone gang. Heer Bommel was bijvoorbeeld bezig professor Prlwytzkofsky van de ronkende boortoren af te houden.

'Het is *mijn* Bommelboor!' riep hij uit. 'En dit keer heb ik hem goed afgesteld, zodat u er af moet blijven. Anders gebeuren er ongelukken.'

'Ongelukken,' herhaalde de ander hijgend. 'Met recht! U boort mijner Zarynx-ader wellicht onderwaarts. Hij kan der wademgas bereiken...'

'En er is geen gas meer,' riep heer Ollie. 'Dat kan iedereen toch zien!'

'Der gas is ergenswaar nog in der grondesbodem aanwezig!' riep de hoogleraar met zijn laatste krachten. 'En het is ja mogelijk, dat der instelling toevallig boven mijner Zarynx-ader staat. Wij moeten dat behoedzaam proeven, vóórdat...'

Verder kwam hij niet, want op dat moment spoot er plotseling een straal vocht uit de plek, waar de boor steeds verder in de aarde verdween. Het was duidelijk, dat heer Bommel inderdaad de Zarynx-ader had aangeboord, die later als de Zbygniew Prlwytzkofskyader zo bekend zou worden.

De opspuitende straal had in het begin zo veel kracht, dat hij op de twistende heren neergutste en een einde aan hun meningsverschil maakte. Daarna trok hij zich wat terug en kletterde naast de toren op de grond, zodat de slachtoffers tijd kregen tot zichzelf te komen.

'Der ader!' kermde professor Prlwytzkofsky. 'Der is in den daad aangeboord geworden. Mijner Zarynx is mij in de ogen gestort.'

''t Bijt,' klaagde heer Ollie, terwijl de tranen hem langs de wangen liepen. 'Toet seer. Tisseen snertader.'

'Gener snert,' verbeterde de geleerde. 'Ener groeikracht-acetaat. Dat had ik doch voorzegd! Waar is der knop? Der moet onmiddelbaar afgedraaid worden.'

Hij begon tastend rond te kruipen, maar omdat hij geen uitzicht had, verwijderde hij zich steeds verder van zijn doel, en de boor draaide ongestoord voort.

'Maar helpt u dan toch,' riep hij vertwijfeld uit. 'Vergeet der kijkenssmart. Der ader wordt nu dieper in der bodem geboord – en men weet ja niet waar hij terecht komen zal. Ach, hoe licht kan hij de wademgassen raken... en dan bekomt men een krijgsgebeuren.'

'Ach wat, krijgsgebeuren,' kreunde heer Bommel in zijn muts. 'En dat, terwijl ik de toren toch op de goede plaats heb laten zetten. Het uiterste wordt van mij gevraagd, maar geen woord van dank, hoor. Alleen maar klachten. En alles voor niets; die hele ader was alleen maar azijn. Hoe kan ik daarmee mijn kijkenssmart vergeten?'

Magister Pas stond opgezwollen voor de steenstapel waarmee hij zijn grot had afgesloten en hief een hand op.

'Naar buiten,' siste hij. 'Alles vrij maken. Zweven zullen die stenen. Ik zeg: zweven! Acadabra volare!'

Hij herhaalde zijn spreuk met grote adem en daar ging hij zo in op, dat hij de boor, die achter hem door de zoldering kwam, niet opmerkte, evenmin als de vloeistof die vervolgens naar binnen spoot.

Aan de andere kant van de stapel rotsblokken zaten Tom Poes en de oude dwerg bij het vuurtje, en de laatste legde uit wat er mis was.

'Stenen moeten weg,' sprak hij. 'Dan zou alles weer goed worden. Daar achter is wademzwalm. Maar zwarte heeft alles afgesloten. En niemand durft bij hem komen.'

'Hm,' zei Tom Poes nadenkend. 'We moeten een list verzinnen.'

Maar dat hoefde niet meer. Achter de afsluiting klonk een daverende knal; de steenstapeling stortte naar binnen en Tom Poes en de grijsaard werden door een sterke luchtdruk weggeblazen als bladeren in de wind. Wat professor Prlwytzkofsky zo gevreesd had, was gebeurd; de Zarynx en het wadem-gas hadden zich vermengd.

De ontploffing bleef ook bovengronds niet onopgemerkt. Er kwam een plotseling einde aan de nieuwe boortoren en het zoeken van de professor. Heer Bommel raakte zijn muts en wollen das kwijt en toen hij ten slotte in het gras tot rust kwam, staarde hij met nietsziende ogen voor zich uit.

'W-wat g-gebeurt er t-toch?' vroeg hij zich klagend af. 'Ikkik... Ik ben ingestort! M-men doet maar...'

'Dit was der boems waarvoor ik aangezegd heb,' verklaarde de geleerde. 'Noen is er niets meer overig. Maar gelukkigerwijs ben ik zelvers op ener weker plats neder gekomen.'

'Ik niet,' jammerde heer Ollie. 'Ik b-ben b-beklemd. Doe dan toch iets...'

Maar jammer genoeg was de wetenschap niet tot hulp in staat wegens gebrek aan uitzicht.

Ook Tom Poes was niet zacht terecht gekomen, want de grond en de wanden van de grot waren hard. Het duurde dan ook even voordat hij zijn bezinning terug had, en toen keek hij verwezen om zich heen.

'Dat was een lelijke ontploffing,' mompelde hij. 'Wat zou er gebeurd zijn?'

'Stenen zijn omgevallen,' riep de dwerg blij. 'Kunnen nu weer bij wademzwalm komen. Ruikt lekker.'

'Een beetje muf,' zei Tom Poes snuivend. 'En ik ben benieuwd of er nog iets van je zwalm over is. Het lijkt me dat alles daar in de lucht is gevlogen. Ik kan het daglicht zien. En waar is de zwarte, waar je het over had?'

De oude dwerg schrok en rende naar de zijgrot.

'Weg,' riep hij met overslaande stem. 'Wademzwalm is weg.'

'Net wat ik dacht,' zei Tom Poes, die hem volgde. 'Daar liggen alleen nog wat stukken; het moet een groot soort plant geweest zijn, lijkt me. Een zwam, die gassen afscheidde. En ik heb zo'n idee dat heer Bommels boortoren hier boven stond. Diezelfde gassen kwamen daardoor in de buitenlucht, waar er een kuuroord van gemaakt werd. Maar ik vraag me af, waar die zwarte is, die de zaak hier had afgesloten.'

Die vraag had heer Ollie kunnen beantwoorden als hij beter had kunnen kijken. Want terwijl hij op handen en knieën rondkroop om hulp te vinden, zag hij door zijn tranen heen de schimmige omtrekken van een grote, zwarte vogel opstijgen. Wat hij echter niet zag, was het donkere gat, dat voor hem gaapte. En voordat hij het wist, stortte hij in de grot, waar Tom Poes en de dwerg zich bevonden.

'Wademzwalm is weg,' herhaalde de laatste dof. 'Maar hier staan nog kleintjes. Kunnen opgegroeid worden. Met water, feuzel en koddermel. Over tien maal tien jaren staat hier weer nieuwe wademzwalm.'

'Heer Ollie!' riep Tom Poes, die toevallig omhoog keek.

'Beter kleintjes dan niets,' vervolgde de grijsaard zonder aandacht aan de vallende heer te schenken. 'Moet anderen terug roepen, dan kunnen ze...'

Hij werd onderbroken door een zware plof achter hem. Het was heer Bommel die terechtkwam op de overblijfselen van de grote zwalm, en dat was een geluk bij een ongeluk. Want de plant was zachter dan de rotsgrond, en bovendien bevatte hij geneeskrachtige sappen.

'Hier,' sprak de oude dwerg, toen hij van de schrik bekomen was. Hij duwde de gevallene een stuk schil tussen de tanden en hernam: 'Eten. Heel goed tegen zeer.'

Heer Ollie begon versuft kauwbewegingen te maken, maar de bittere smaak bracht hem tot zichzelf en hij richtte zich kreunend op.

'Baw...,' mompelde hij met samengetrokken mond. 'Wattistat?'

Hij opende met moeite de ogen, en hoewel de tranen hem over de wangen liepen, kon hij tot zijn verbazing weer kijken.

'Tis de gal,' hernam hij. 'Naar binnen geslagen.'

'Alleen maar een stukje zwam,' zei Tom Poes. 'Die schijnt te helpen tegen schokken en zo. Hoe voelt u zich nu?'

'Heel vreselijk,' klaagde heer Bommel slikkend. 'M-maar kan weer zien. W-waar bennik? Ik bedoel... eh.... deze plek komt me bekend voor... Ben hier eerder geweest. En de geur. Die doet me denken aan vroeger. Dat was een vrolijke familie, die heel goed voor mijn gezondheid was.'

'Dat kan kloppen,' zei Tom Poes. 'Dit is de grot waar de dwergen woonden; maar er is een ontploffing geweest. Kom, het lijkt me het beste om met de Oude Schicht naar huis te gaan. Dan kunt u onderweg vertellen hoe u hier naar binnen kon vallen.'

Heer Ollie maakte geen tegenwerpingen, en even later werd hij zorgzaam naar de uitgang van de spelonk geleid.

De oude dwerg ging mee, omdat hij nu bij zijn familie kon komen zonder zich te vermoeien. En terwijl Tom Poes de Oude Schicht door de bergen stuurde, vertelde heer Bommel zo duidelijk mogelijk wat er gebeurd was.

'Maar ik begrijp niet waarom we nu zo ver moeten rijden,' besloot hij. 'Ik heb het vroeger wel eens vlugger gedaan toen een oude heer me de weg wees. En daarnet was ik zelfs in een seconde in de grot, als je begrijpt wat ik bedoel.'

'U viel,' zei Tom Poes. 'En sommige afstanden kan men vlugger afleggen wanneer men valt, dan wanneer men van beneden naar boven moet klimmen. Deze bergweg kronkelt nogal. Het is een lange omweg.'

'Hadden langs rotswand omhoog kunnen gaan,' vulde de dwerg aan. 'Maar klimmen maakt moe. Net als lopen.'

'Vallen maakt ook moe,' sprak heer Ollie met zacht verwijt. 'Het vraagt het uiterste van iemand met een teer gestel, dat kan ik u wel zeggen. Maar ik kan weer zien, en dat is veel waard. Kijk, daar is mijn kuuroord, waar ik uw gassen heb aangeboord.'

Hij wees op het koepeltje, en Tom Poes remde.

'Je kunt hier het beste uitstappen,' zei hij tegen het oude ventje. 'Er is daar een hele verzameling van je volk, en je kunt hun uitleggen hoe ze het vlugste in de grot kunnen komen.'

'Ja,' gaf heer Bommel toe, toen de grijsaard uitstapte. 'Door het gat van mijn boortoren hebt u rechtstreeks toegang tot de grotten van uw onderwereld. Dat heb ik ineens ingezien, toen ik niets zien kon.'

De dwerg begaf zich naar het tempeltje om zijn volk naar huis te geleiden, waar de kleine wademzwalmpjes hun wachtten, en de Oude Schicht reed verder. Onderweg kwamen ze heel wat trekkende families tegen, want het was merkwaardig hoe snel het nieuws van de wademtempel zich onder de dwergen verspreid had. De meeste nieuwe ambtenaren, journalisten, tv-makers en andere vaklieden waren dan ook op weg naar het vervallen kuuroord, zodat vele zaken en kantoren opnieuw leeg raakten, en er weinig gewerkt werd. De hoofdredacteur van de Rommeldamse Courant was echter op zijn post. Nu de heilzame gassen niet langer beschikbaar waren, had hij voor het eerst weer eens een blik in zijn blad geslagen, en daardoor maakten zijn onlustgevoelens plaats voor diepe verslagenheid. De verslaggever Argus, die het redactiekantoor een beetje beschroomd betrad, trof zijn chef dan ook geheel ingezakt aan.

'Dag, meneer Fanth,' mompelde de journalist. 'Als eh... Als u me terug wilt hebben, wil ik het wel weer eens proberen. Door de wetenschap is de ontspanning al weer afgelopen. U kent dat. Altijd wordt er met ontploffingen en zo een einde aan prettige dingen gemaakt. Maar ja, u moet er wel rekening mee houden, dat ik weinig slaap gehad heb.'

'Ik ook,' prevelde de heer Fanth vermoeid. 'Maar ik ben blij, dat je er weer bent, jongen. Zonder jou ging de krant nogal eh... achteruit. We kunnen beter vandaag vrijaf nemen en morgen weer uitkomen. Trouwens, ik heb gehoord dat de tv ook niet uitzendt.'

Toen Tom Poes die middag op zijn gemak naar huis liep, zag hij Wammes Waggel aan de kant van de weg zitten.

'Wat is er met je?' vroeg hij. 'Je ziet er nogal duf uit. Ben je niet meer bij de krant?'

'Nee,' zei Wammes. 'Meneer Fanth vond mijn kop niet mooi, en hij zei dat ik beter op kon krassen. Maar ik vind krassen niet zo enig; ik schrijf liever gewoon, hè? Nou, en toen ben ik naar de teevee gegaan om er voor te zitten maar daar gingen alle leuke luitjes weg en alleen de zure bleven over en toen vond ik het daar ook niet enigjes meer. Ik ga liever de wijde wereld in en dan moeten ze maar zien, hoe ze het zonder mij redden, hoor.'

'Dat lijkt me wel een goed idee,' zei Tom Poes. 'Weet je al wat je doen gaat?'

'Lopen,' legde Wammes uit. 'Als je lang genoeg loopt, kom je altijd wel iets leuks tegen, zie?'

Op dat moment klonk er een doffe bons en een rauwe keelstem riep: 'Praw! Ontschuldig.'

Het was professor Prlwytzkofsky, die tegen een richtingbord was aangelopen omdat hij nog steeds last van zijn ogen had. Voor de geleerde was de botsing natuurlijk niet zo prettig, maar Wammes Waggel knapte er erg van op.

'Hihihi!' riep hij vrolijk. 'Wat mal!'

'Wat meent u?' vroeg de hoogleraar; maar het richtingbord gaf geen antwoord.

'Kan ik u soms helpen?' vroeg Tom Poes, naderbij, komend. 'Heer Bommel heeft me verteld wat er gebeurd is, en nu...'

'Der Boml!' riep de geleerde uit. 'Door Bomls dom gedraai hebben mijne Zarynx-acetaten zich vermisjt met de losgewikkelde gassen en dat gaf natuurlijk ener explodering. Thans duld ik ogensmart en ik zoek ener, die mij bijstand wil lijsten.'

Tom Poes wilde hem zijn hulp aanbieden, maar hij werd overstemd door Wammes Waggel.

'Hihihi,' riep die. 'Zie je wel? Je komt altijd wel iets leuks tegen.'

Gelukkig naderde nu heer Ollie, die een slaapje had gedaan en onderweg was om de aangerichte schade op te nemen.

'De professor maakt geen grapjes,' sprak hij berispend. 'Hij lijdt. Net als ik zelf heb gedaan toen ik bezig was onwetenschappelijke gassen uit te roeien. Toen ik weer een dagje jonger was geworden.'

Het gegiechel stierf weg, en terwijl heer Bommel de pijp uit de mond nam, verscheen er een glimlach op zijn gelaat.

'Daarom,' zo vervolgde hij, 'moet u maar zo gauw mogelijk mee naar huis gaan voor een oogbadje, heer professor. En als jullie zin hebben, kunnen jullie ook meekomen, want ik geef vanavond een klein feestje, omdat Joost zijn plaats weer kent. Een eenvoudige, doch voedzame maaltijd, als jullie begrijpen wat ik bedoel.'

Joost had zoveel mogelijk zijn best gedaan, hoewel de komst van professor Prlwytzkofsky gemengde gevoelens bij hem opwekte.

'Het is toch niet eerlijk verdeeld,' prevelde hij tot de salade, die hij aanmaakte. 'Wanneer een eenvoudig persoon als ik ook eens geniet van opwekkende gassen, komt er zo'n wetenschapper, die alles wegzuigt, als men mij toestaat.'

Er was gelukkig niemand, die zijn opstandige gedachten hoorde.

Heer Bommel vertelde zijn buurvrouw uitvoerig, hoe hij een einde aan de gasmisstanden had gemaakt, en de geleerde genoot van het kijken.

'De ogenbad was grootaardig,' sprak hij. 'En der Boml heeft mijne ersatsbrille apporteerd; dat is zeer lievenswaard. Hij heeft mij overigens een nieuwer boresinstelling versproken, en weil ik thans weet waar mijner ader ongeveer loopt, zal men kortelings van der Zbygniew Prlwytzkofsky Zarynx-ader horen kunnen.'

'Meneer Bommel geeft een feestje, zie ik,' zei de heer Dorknoper tot zichzelf, toen hij toevallig Bommelstein passeerde. 'Hij kan dat nog doen. Door de grote achterstand zal het wel even duren voor ik de fiscale consequenties van zijn schenkingen, alsmede de bouw- en afbraakvergunningen van een en ander in orde heb. Maar het is prettig, dat de meeste dwergen verdwenen zijn om plaats te maken voor vertrouwde krachten.'

Dat was inderdaad prettig; maar omdat er nog enige gebleven zijn, ben ik bang dat men nog geruime tijd op belangrijke posten dwergen zal aantreffen.